——歯医者《はいしゃ》さんにはお母《かあ》さんの運転《うんてん》する車《くるま》に乗《の》って出《で》かけました。そして歯科医院《しかいいん》につ
いて、入《い》り口《ぐち》まで来《き》たのですが……
「やっぱりコワイよー、イヤだよー、入《はい》りたくない！　もう帰《かえ》る、絶対《ぜったい》にイヤだー」
ケンタ君《くん》はやっぱり恐《こわ》くなってしまいました。せっかくお母《かあ》さんと一緒《いっしょ》に歯科医院《しかいいん》の入《い》
り口《ぐち》まで来《き》たのに、暴《あば》れて、泣《な》いて、どうしても歯科医院《しかいいん》の中《なか》に入《はい》ろうとしません。
歯科医院《しかいいん》の入《い》り口《ぐち》のドアのところで、お母《かあ》さんはケンタ君《くん》の手《て》をむりやり引《ひ》っ張《ぱ》って中《なか》
に入《はい》ろうとしました。でもケンタ君《くん》は、外《そと》に逃《に》げようと必死《ひっし》です。
「ちょっとケンタ、昨日《きのう》、あんなに痛《いた》がっていたじゃないの！」
「でも、やっぱり歯医者《はいしゃ》の方《ほう》がコワイ！　痛《いた》いままでイイ。だから帰《かえ》る」
「まったくもう、ここまで来《き》て何《なに》を言《い》ってるの！　早《はや》く入《はい》ってちょうだい」
お母《かあ》さんは歯科医院《しかいいん》の中《なか》に入《はい》ろうと、反対《はんたい》にケンタ君《くん》は外《そと》に逃《に》げよう
引《ひ》っ張《ぱ》り合《あ》いました。その姿《すがた》は、まるで二人《ふたり》でつなひきをしているようで
科医院《かいいん》のおねえさんが心配《しんぱい》して、うしろから声《こえ》をかけてくれました。
「だっ、大丈夫《だいじょうぶ》ですか？」
「あっ、ハイ、スミマセン。この子《こ》ったら……」
返事《へんじ》をしたお母《かあ》さんは、ケンタ君《くん》を引《ひ》っ張《ぱ》っていた手《て》の力《ちから》を、ついゆ
た。

しまいました。

「アッ！」

その瞬間《しゅんかん》、ケンタ君《くん》はお母《かあ》さんの手《て》から離《はな》れて、勢《いきお》いよく入《い》り口《ぐち》から外《そと》に飛《と》び出《だ》してしまいました。

――スッテンコロリーン！

あまりの勢《いきお》いにケンタ君《くん》は、外《そと》で大《おお》きく大《おお》きく転《ころ》んでしまいました。

「ケンタ、大丈夫《だいじょうぶ》？　ケンタ、ケンタ……」

遠《とお》くでお母《かあ》さんのよぶ声《こえ》がします。しかし、その声《こえ》はだんだんと小《ちい》さくなり、しまいには聞《き》こえなくなっていきました。ケンタ君《くん》は、だんだん意識《いしき》がなくなっていき、ついには気《き》を失《うしな》ってしまいました。

――それから、どれくらいの時間《じかん》がたったでしょう。ケンタ君《くん》はやっと目《め》を覚《さ》ましました。でも、そこは先程《さきほど》までいた歯医者《はいしゃ》さんの入《い》り口《ぐち》ではありませんでした。あたりはうす暗《ぐら》く、どこかの洞窟《どうくつ》のようでした。辺《あた》り一面《いちめん》、なんだかベトベトぬれています。お母《かあ》さんの姿《すがた》はどこにも見《み》えません。ケンタ君《くん》は、ひとりぼっちでした。

「こっ、ここはどこだろう？」

ケンタ君《くん》は不安《ふあん》をかくしきれません。その時《とき》、突然《とつぜん》、後《うし》ろから声《こえ》がしました。

「ここはケンタ君《くん》のお口《くち》の中《なか》だよ」

「ウワッ！」

「ごめん、ごめん。ビックリさせちゃったね。驚《おどろ》かすつもりじゃなかったんだ」

　臆病《おくびょう》なケンタ君《くん》は恐々《こわごわ》と後《うし》ろを振《ふ》り返《かえ》りました。そこには白《しろ》いマントに身《み》を包《つつ》んだお兄《にい》さんが立《た》っていました。手《て》にはグローブをはめ、頭《あたま》には青《あお》い帽子《ぼうし》、そのひたいには工事《こうじ》現場《げんば》で使《つか》うライトよりもさらに小型《こがた》のライトをつけています。口《くち》には大《おお》きな白《しろ》いマスク、そして目《め》には大《おお》きなゴーグルをかけているので顔《かお》はよく分《わ》かりません。でもゴーグルの奥《おく》の優《やさ》しそうな目《め》はニコニコ笑《わら》っているのが分《わ》かりました。

「お、お兄《にい》さんは誰《だれ》？」

「私《わたし》はスーパーヒーロー・ハイシャマンさ」

「スーパーヒーロー？　ハイシャマン？」

「そう、私《わたし》の使命《しめい》は虫歯《むしば》をなくすこと。そして虫歯《むしば》から人々《ひとびと》を救《すく》うこと。そのために毎日《まいにち》、頑張《がんば》っているのさ。ガンバ！　ガンバ！」

　どうやらハイシャマンは敵《てき》ではなく、味方《みかた》であることはケンタ君《くん》にも分《わ》かりました。ひと安心《あんしん》したケンタ君《くん》は、ハイシャマンに尋《たず》ねました。

「ボクはどうして、ここにいるの？」

「それはケンタ君《くん》に、ハミガキの大切《たいせつ》さを知《し》ってもらうためだよ」

「ハミガキ？」

「そう！　ケンタ君《くん》、いつもハミガキをちゃんとしているかな？」

　ケンタ君《くん》は、チョット困《こま》ってしまいました。

「ボ、ボク、あんまりハミガキは……」

下《した》を向《む》いてモジモジするケンタ君《くん》に、ハイシャマンは優《やさ》しく教《おし》えてくれました。

「ケンタ君《くん》は、ハミガキをサボっちゃってるのかな？　でもハミガキをサボると、大変《たいへん》なことになるんだよ。虫歯《むしば》になって、歯《は》がとっても痛《いた》くなってしまうんだ」

ケンタ君《くん》は、ドキリとしました。だって、いつもハミガキをサボっていたケンタ君《くん》の歯《は》が痛《いた》くなったのは、つい昨日《きのう》のことなのですから。

「ボ、ボク、ハミガキをサボっていたから、昨日《きのう》あんなに歯《は》が痛《いた》かったんだね……」

ケンタ君《くん》はやっと顔《かお》を上《あ》げ小《ちい》さな声《こえ》で頷《うなず》いたのです。そんなケンタ君《くん》に、ハイシャマンは、笑顔《えがお》で話《はな》しかけました。

「ケンタ君《くん》、これから私《わたし》がケンタ君《くん》のお口《くち》の中《なか》を案内《あんない》してあげよう。そうすれば、きっとケンタ君《くん》はハミガキの本当《ほんとう》の大切《たいせつ》に気付《きづ》くはずさ。まずはその前《まえ》に、これ持《も》ってちょうだい。ハイッ、どうぞ……」

ハイシャマンは、ケンタ君《くん》に大《おお》きなハブラシを渡《わた》しました。それは、ケンタ君《くん》の胸《むね》の高《たか》さくらいまである、とても大《おお》きなハブラシでした。

「これはなあに？」

「見《み》ての通《とお》り、大《おお》きなハブラシさ」

ハイシャマンの目《め》はニコニコ笑《わら》っています。

「ここはケンタ君《くん》のお口《くち》の中《なか》、舌《した》ベロの上《うえ》なんだ。だからヌメヌメ湿《しめ》っているだろう。滑《すべ》らないように、これをツエとして使《つか》っておくれ」

「だったら普通《ふつう》のツエでいいんじゃないの？」

「実《じつ》はね、この大《おお》きなハブラシには秘密《ひみつ》があってね。もっと違《ちが》うときに役立《やくだ》つのさ」

「どんな時《とき》？」

「それは、その時《とき》に説明《せつめい》するからね」

ハイシャマンは説明《せつめい》を後回《あとまわ》しにして、ケンタ君《くん》の前《まえ》をスタスタと、鼻歌《はなうた》を歌《うた》いながら歩《ある》き始《はじ》めました。

――ハッ、ハッ、ハッ、ハミガキ
ゴシゴシ、シャカシャカ
ムシバ、バイバイ
ブクブク、ガラガラ
息《いき》も、さわやか
ガンバレ！　ハミガキ～

仕方《しかた》なくケンタ君《くん》は、ハイシャマンの後《あと》を追《お》って一緒《いっしょ》に歩《ある》き出《だ》しました。

「ハイシャマン、それなんの歌《うた》？」

「これ？　聞《き》いての通《とお》り『ハミガキの歌《うた》』さ！　私《わたし》が作《つく》った歌《うた》だよ。ハッ、ハッ、ハミガキ……」

ケンタ君《くん》は、思《おも》わず、ぷっと吹《ふ》き出《だ》したいのを必死《ひっし》でこらえました。でも、ハイシャマンの後《あと》について歩《ある》いているうちに、いつのまにかケンタ君《くん》も一緒《いっしょ》になって、口《くち》ずさんでいました。

——ハッ、ハッ、ハミガキ
ゴシゴシ、シャカシャカ
虫歯《むしば》、バイバイ
ブクブク、ガラガラ
息《いき》も、さわやか
ガンバレ！　ハミガキ～

——そうして、しばらく二人《ふたり》が進《すす》むとハイシャマンが急《きゅう》に立《た》ち止《ど》まりました。

「ケンタ君《くん》、右《みぎ》の方《ほう》に明《あか》るい光《ひかり》が見《み》えるね？」

「ウン。ハイシャマン、あそこが、どうやら入《い》り口《ぐち》みたいだね？」

「そう、あれがケンタ君《くん》の『お口《くち》』の入《い》り口《ぐち》だよ」

まるで洞窟《どうくつ》のようなケンタ君《くん》のお口《くち》の中《なか》を、ハイシャマンはさらに説明《せつめい》してくれました。

「今度《こんど》は左《ひだり》の方《ほう》を見《み》てごらん。真《ま》っ暗《くら》な洞窟《どうくつ》がずっと奥《おく》まで続《つづ》いているだろ？　あれがケンタ君《くん》の『のど』だよ。のどの奥《おく》に落《お》ちたら大変《たいへん》だ。気《き》をつけておくれ」

ケンタ君《くん》は、チョット恐《こわ》くなってゴクリと息《いき》をのみました。すると「のど」の上《うえ》についている何《なに》やら出《で》っ張《ぱ》ったものが、左右《さゆう》に大《おお》きく揺《ゆ》れたではありませんか。ケンタ君《くん》は恐《おそ》る恐《おそ》るハイシャマンに尋《たず》ねました。

「じゃあ、あの上《うえ》にぶら下《さ》がっているのは？」

「そう、ケンタ君《くん》のノドチンコさ」

ハイシャマンは、まずは入《い》り口《ぐち》まで進《すす》みました。

「では、お口《くち》の入《い》り口《ぐち》の方《ほう》から順番《じゅんばん》に説明《せつめい》していこう。ケンタ君《くん》、この白《しろ》い薄《うす》っぺらい大《おお》きな壁《かべ》があるだろう？　これがケンタ君《くん》の『前歯《まえば》』さ。スコップのような形《かたち》をしているので、食《た》べ物《もの》をかみ切《き》る時《とき》に役《やく》に立《た》つのさ」

「そうか！　モノをかみ切《き》るための歯《は》が、お口《くち》の入《い》り口《ぐち》にあるんだね」

「その通《とお》り。ケンタ君《くん》はなかなかセンスがいいね」

ハイシャマンはお口《くち》の入《い》り口《ぐち》から、のどの方《ほう》に向《む》かって順番《じゅんばん》に案内《あんない》を続《つづ》けました。

「次《つぎ》は、この白《しろ》い巨大《きょだい》なロケットみたいなヤツね。先《さき》っぽが、鋭《するど》くとんがってるだろう。これが『犬歯《けんし》』さ。『糸切《いとき》り歯《ば》』とも言《い》うね。先《さき》がとがっているので、文字通《もじどお》りかたいお肉《にく》をかみ切《き》る時《とき》とか、糸《いと》を切《き》ったりする時《とき》にも便利《べんり》なんだ」

「歯《は》にも種類《しゅるい》があって、それぞれに役割《やくわり》があるんだね」

ハイシャマンの説明《せつめい》を聞《き》いて、ケンタ君《くん》は気《き》がついたようです。

「そうそう、その通《とお》り！　さすがケンタ君《くん》、飲《の》み込《こ》みが早《はや》いね。では、この調子《ちょうし》でドンドン奥《おく》の方《ほう》に進《すす》みましょう」

と、さらに奥《おく》に行《い》きかけたハイシャマンの足《あし》が、突然《とつぜん》ピタリと止《と》まりました。

「ケンタ君《くん》、昨日《きのう》の晩《ばん》ごはんは『やきそば』だったでしょう？」

「エッ!?　なんで分《わ》かるの？」

ケンタ君《くん》はドキリとしました。ハイシャマンは少《すこ》し申《もう》し訳《わけ》なさそうに説明《せつめい》してくれました。

「前歯《まえば》と犬歯《けんし》の間《あいだ》に挟《はさ》まっている、この黒《くろ》っぽい大《おお》きな風呂敷《ふろしき》みたいなヤツね。これね、風呂敷《ふろしき》じゃなくて『青《あお》のり』ね。そう、焼《や》きそばに入《はい》っていた青《あお》のりなんだよ」

ケンタ君《くん》は恥《は》ずかしくて、顔《かお》が真《ま》っ赤《か》になっていくのが自分《じぶん》でも分《わ》かりました。

「ゴメンナサイ！　ボク、昨日《きのう》もハミガキをサボっちゃったから」

「そう、ハミガキをしないと、こうやって食《た》べカスがたまるでしょ。この食《た》べカスを狙《ねら》って『バイ菌怪獣《ばいきんかいじゅう》・ムシバラバ』がやってくるのさ」

「バイ菌怪獣《ばいきんかいじゅう》？　ムシバラバ？」

ケンタ君《くん》は、初《はじ》めて聞《き》く名前《なまえ》にチョット、恐《こわ》くなってしまいました。

「そうさ。奴《やつ》らはね、この食《た》べカスをエサにして力《ちから》をつけるんだ。エサを食《た》べるとムシバラバは、どうなると思《おも》う？」

「エーット？　ひょっとして強《つよ》くなるの？」

「その通《とお》り。力《ちから》が百倍《ひゃくばい》になって、体《からだ》も大《おお》きくなってしまうのさ。そしてエサだけでは物《もの》足《た》りなくなってしまうんだ。そしてヤツらは、なんと『歯《は》』を食《た》べようとするのさ」

「歯《は》!?」

ケンタ君《くん》は思《おも》わず大《おお》きな声《こえ》で聞《き》き返《かえ》しました。

「そう、歯《は》さ。磨《みが》き残《のこ》しの食《た》べカスを食《た》べるとムシバラバは百倍強《ひゃくばいつよ》く、大《おお》きくなる。そして、さらにエサを探《さが》す。食《た》べカスだけではエサが足《た》りなくなって、ついには歯《は》を食《た》べてしまうのさ」

「でも、歯《は》ってかたいんじゃないの？」

「もちろん、かたいさ。だからムシバラバでもエサを食《た》べないと力《ちから》が出《で》なくて、歯《は》を食《た》べることができないんだ。ところが、ハミガキをサボって食《た》べカスが残《のこ》っていたら……」

「そうかっ！　食《た》べカスを食《た》べたムシバラバの力《ちから》が百倍《ひゃくばい》になって、歯《は》を食《た》べ始《はじ》めるんだね」

「そう、その通《とお》り。さすが、ケンタ君《くん》はホントに飲《の》み込《こ》みが早《はや》いね。しかも……」

「しかも？」

「食《た》べカスを食《た》べたムシバラバは、力《ちから》が百倍《ひゃくばい》になるだけじゃないんだ。その数《かず》が百倍《ひゃくばい》に増《ふ》えてしまうのさ。力《ちから》だけでなく、その数《かず》も増《ふ》えてしまうのさ。だから、とっても強力《きょうりょく》になってしまうんだ」

「恐《こわ》いんだね。そうか、だからお母《かあ》さんはいつもハミガキをしなさいっていって、うるさいんだね」

　ケンタ君《くん》は、やっとハミガキの大切《たいせつ》さが分《わ》かったようでした。

「そうだね。それから、もし……」

　ハイシャマンは急《きゅう》に緊張《きんちょう》した声《こえ》になりました。

「もし？」

　ケンタ君《くん》も緊張《きんちょう》して、小声《こごえ》で聞《き》き返《かえ》しました。

「もし、ムシバラバが現《あらわ》れたら……」

「エッ！」

　思《おも》わず大《おお》きな声《こえ》を上《あ》げてしまったケンタ君《くん》。

「しっ！　静《しず》かに。もしムシバラバが現《あらわ》れたら、その大《おお》きなハブラシで退治《たいじ》しておくれ」

「エッ？　こんなのでやっつけられるの？」

　ケンタ君《くん》の声《こえ》はブルブルと震《ふる》えています。ハイシャマンは苦笑《にがわら》いをしながら、ケンタ君《くん》にムシバラバとの戦《たたか》い方《かた》を説明《せつめい》しました。

「こんなのはないだろう……。実《じつ》はね、ムシバラバが一番苦手《いちばんにがて》にしているのは、ハミガキなんだ」

「ハミガキ？」

「そう。ハブラシの毛《け》の部分《ぶぶん》でゴシゴシしてしまえば、たちまちムシバラバはやられてしまうんだ」

「ほ、本当《ほんとう》？」

「本当《ほんとう》さ。もちろん私《わたし》も戦《たたか》う。だが、ヤツらはとってもとっても数《かず》が多《おお》い。もし襲《おそ》ってきたら、ケンタ君《くん》も戦《たたか》って自分《じぶん》の身《み》を守《まも》っておくれ」

「で、できるかなあ……」

ケンタ君《くん》は全然《ぜんぜん》自信《じしん》がありませんでした。そして恐《こわ》くてしょうがなかったのです。でも自分《じぶん》の身《み》を守《まも》るためには、ハイシャマンに言《い》われた通《とお》りにするしかありません。

「では次《つぎ》に、いよいよ問題《もんだい》の所《ところ》に行《い》くよ。ここからは足音《あしおと》をたてないように、そーっと、ついてきておくれ」

ハイシャマンは今《いま》までとは違《ちが》い、急《きゅう》にヒソヒソ声《ごえ》になりました。もう、「ハミガキの歌《うた》」の鼻歌《はなうた》も歌《うた》ってはいません。腰《こし》を低《ひく》くして足音《あしおと》をしのばせて、抜《ぬ》き足差《あしさ》し足《あし》で忍者《にんじゃ》のように、そーっと奥《おく》の方《ほう》に向《む》かって進《すす》み始《はじ》めました。ケンタ君《くん》も、そんなハイシャマンの後《うし》ろ姿《すがた》に続《つづ》きながら、ヒソヒソ声《ごえ》で尋《たず》ねました。

「問題《もんだい》の所《ところ》って、どこ？」

「ケンタ君《くん》の『奥歯《おくば》』だよ」

ケンタ君《くん》はハッとしました。そうでした、そうでした！　ケンタ君《くん》は何《なに》を隠《かく》そう、その奥歯《おくば》が痛《いた》くなって歯医者《はいしゃ》さんに来《き》たのです。ケンタ君《くん》の奥歯《おくば》には大《おお》きな穴《あな》があいていたのです。

「ひょっとして、ボクの虫歯《むしば》の歯《は》？」

「正解《せいかい》。大《おお》きな穴《あな》があいているケンタ君《くん》の『奥歯《おくば》』にいくのさ。虫歯《むしば》になっちゃった奥歯《おくば》にね」

二人《ふたり》はヒソヒソ声《ごえ》で音《おと》を立《た》てないように、ソロリソロリと奥《おく》に進《すす》みました。ところが奥《おく》に進《すす》むにつれて、何《なに》やらへんな音《おと》が聞《き》こえてくるではありませんか……

――ガリ、ガリ、ガリ……

――バリ、バリ、バリ……

――ボリ、ボリ、ボリ……

不安《ふあん》になったケンタ君《くん》は、そーっとハイシャマンに尋《たず》ねました。

「何《なん》の音《おと》？」

「ムシバラバが、ケンタ君《くん》の歯《は》を食《た》べている音《おと》さ」

ケンタ君《くん》は一瞬《いっしゅん》、息《いき》が止《と》まるかと思《おも》うほどゾッとしました。

「エッ!?　マジで？　そうか！　ボクの歯《は》はムシバラバに食《た》べられていたから痛《いた》かったのか……」

全《すべ》てを理解《りかい》したケンタ君《くん》でした。そしてハイシャマンは指《ゆび》さしました。

「ケンタ君《くん》、あの奥《おく》の方《ほう》に、二階建《にかいだ》てのおうちのような大《おお》きな白《しろ》いものが見《み》えるだろ？あれがケンタ君《くん》の奥歯《おくば》さ」

「うわー、本当《ほんとう》に大《おお》きいんだね」

――やっと奥歯《おくば》に到着《とうちゃく》したケンタ君達《くんたち》。その大《おお》きさにケンタ君《くん》は上《うえ》を見上《みあ》げてしまいました。確《たし》かに今《いま》までの、どの歯《は》よりも大《おお》きな歯《は》でした。

「ケンタ君《くん》、この大《おお》きな奥歯《おくば》のてっぺんに飛《と》び乗《の》るから、しっかり私《わたし》につかまっているんだよ」

ハイシャマンはケンタ君《くん》をかかえて、マントをひるがえしました。

「トウッ！」

かけ声《ごえ》と共《とも》に二人《ふたり》は、奥歯《おくば》の頂上《ちょうじょう》に飛《と》び乗《の》りました。そこはまるで、二階建《にかいだ》てのおうちの屋根《やね》の上《うえ》に乗《の》っているような高《たか》さでした。ハイシャマンのマントは空《そら》も飛《と》べたので、ケンタ君《くん》はとっても驚《おどろ》きました。

そして奥歯《おくば》の頂上《ちょうじょう》に立《た》ったケンタくんは、さらに驚《おどろ》いてしまいました。なんと、奥歯《おくば》のど真《ま》ん中《なか》には、それはそれは大《おお》きな穴《あな》があいているではありませんか。

「あれが虫歯《むしば》の穴《あな》？」

「そう、あの大《おお》きな穴《あな》の中《なか》に、ムシバラバ達《たち》がたくさんいるはずだ」

その穴《あな》の中《なか》からは、なんとも不気味《ぶきみ》な歌声《うたごえ》が聞《き》こえてきました。

――ムシムシバンバン、バラバラバン！

――ムシムシバンバン、バラバラバン！

――おいしい、おいしい、ケンタの歯《は》っ！

――たくさん食《た》べるぞ、ケンタの歯《は》っ！

引《ひ》きつった顔《かお》でケンタ君《くん》はハイシャマンに尋《たず》ねました。

「ボッ、ボクのことを言《い》っているの？」

「ああ、そうらしいね」

ハイシャマンも先程《さきほど》の優《やさ》しい声《こえ》は消《き》え、とっても緊張《きんちょう》した声《こえ》になっていました。

「さあ、そーっと穴《あな》の中《なか》をのぞいてみよう。絶対《ぜったい》、ヤツらに見《み》つからないようにコッソリね。音《おと》を立《た》ててはいけないよ」

二人《ふたり》は息《いき》を潜《ひそ》めて身《み》を隠《かく》しながら、上《うえ》からそーっと穴《あな》の中《なか》をのぞきこみました。

「あっ！」

「ぎゃあっ！」

二人《ふたり》は揃《そろ》って、声《こえ》にならない悲鳴《ひめい》を上《あ》げてしまいました。なんということでしょう！奥歯《おくば》の穴《あな》の中《なか》では、無数《むすう》の黒《くろ》いクモのお化《ば》けのような怪獣《かいじゅう》が、ウジャウジャと這《は》いずり回《まわ》っているではありませんか！　そしてバリバリと音《おと》を立《た》てながら、歯《は》をおいしそうに食《た》べているのです。しかも、それがケンタ君自身《くんじしん》の歯《は》なのです。そう思《おも》うとケンタ君《くん》は恐《こわ》くて、気味《きみ》が悪《わる》くて気《き》を失《うしな》いそうでした。

「ケンタ君《くん》、分《わ》かっただろう？　歯《は》を磨《みが》かないとどうなるか」

「……」

ケンタ君《くん》は言葉《ことば》もなく、ただただ頷《うなず》くことしかできませんでした。ハイシャマンは改《あらた》めてケンタ君《くん》に説明《せつめい》しました。

「ケンタ君《くん》、私《わたし》はこれから、この穴《あな》の中《なか》に飛《と》び込《こ》んでムシバラバ達《たち》をやっつけてくる。あぶないから、ここでじっとしているんだよ」

「えっ、ハイシャマンひとりで大丈夫《だいじょうぶ》なの？」

「ああ、それがスーパーヒーローの使命《しめい》なのさ」

先程《さきほど》までのハイシャマンは優《やさ》しいお兄《にい》さんのようでしたが、今《いま》のハイシャマンはまさにヒーローそのものでした。

「ケンタ君《くん》、もしもムシバラバがここまで這《は》い上《あ》がってきたら、この大《おお》きなハブラシでムシバラバをゴシゴシやっつけておくれ」

ケンタ君《くん》は泣《な》きそうな声《こえ》で、ハイシャマンの目《め》を見《み》つめました。

「ボ、ボクにできるかなあ？」

「大丈夫《だいじょうぶ》！　ケンタ君《くん》は、きっと自分《じぶん》が思《おも》っているより勇気《ゆうき》があるはずだ。しっかりゴシゴシとハブラシで、ムシバラバをやっつけておくれ」

そう言《い》い残《のこ》すと、ハイシャマンは勇《いさ》ましく、自分《じぶん》の姿《すがた》を見《み》せつけるように穴《あな》の縁《ふち》に身《み》を乗《の》り出《だ》したのです。

「待《ま》て、待《ま》て、待《ま》てーい！　我《われ》こそはスーパーヒーロー・ハイシャマン。ムシバラバよ、お前達《まえたち》の好《す》き勝手《かって》にはさせないぞ。全員《ぜんいん》やっつけてやる。ガンバ！　ガンバ！」

「なにィ？　ハイシャマンだと？　バラバ～」

たくさんのムシバラバ達《たち》は、一斉《いっせい》にハイシャマンの方《ほう》を振《ふ》り返《かえ》り、そしてハイシャマンをにらみつけました。

「俺《おれ》たちのジャマをするヤツは、ゆるさないバラバ〜」

ムシバラバ達《たち》は、ウジャウジャと一斉《いっせい》にハイシャマンに向《む》かってきました。全員《ぜんいん》、手《て》を上《うえ》にあげ、腰《こし》を振《ふ》りながら、踊《おど》るように行列《ぎょうれつ》をつくって、まるで行進《こうしん》をしているようにせまってきます。しかも不気味《ぶきみ》な歌《うた》を歌《うた》いながら襲《おそ》って来《く》るではありませんか！

——ムシムシバンバン、バラバラバン！

——ムシムシバンバン、バラバラバン！

——ジャマするヤツは許《ゆる》さない！

——倒《たお》せっ、倒《たお》せっ、ハイシャマン！

無数《むすう》のムシバラバの行列《ぎょうれつ》は不気味《ぶきみ》な歌《うた》を繰《く》り返《かえ》し歌《うた》いながら、穴《あな》の上《うえ》のハイシャマンめがけて、だんだんせまってきます。

「だいじょうぶなの？　ハイシャマン？」

ケンタ君《くん》が身《み》を隠《かく》しながら小声《こごえ》で尋《たず》ねるのと、ハイシャマンが穴《あな》の中《なか》に飛《と》び込《こ》んだのは同時《どうじ》でした。

「ガンバッ！」

マントをひるがえし、ムシバラバめがけて突進《とっしん》したハイシャマン。次々《つぎつぎ》とムシバラバ達《たち》をけちらしていくではありませんか！　その強《つよ》いこと、勇《いさ》ましこと、カッコいいこと。

「ハイシャマン・ドリルアタック！」

ハイシャマンが叫《さけ》ぶと、ハイシャマンの右腕《みぎうで》は、突然《とつぜん》ドリルに変形《へんけい》したのです。ただのドリルではありません。歯医者《はいしゃ》の先生《せんせい》が虫歯《むしば》を削《けず》るときに使《つか》う、あのとっても嫌《いや》な音《おと》がするドリルです。ハイシャマンは、そのドリルに変形《へんけい》した右腕《みぎうで》で次々《つぎつぎ》とムシバラバのお腹《なか》に穴《あな》を開《あ》けていきました。

——キイーン、キイーン、キイーン……

「ギャーッ！　やられたバラバ～」

悲鳴《ひめい》を上《あ》げて、ムシバラバ達《たち》は次々《つぎつぎ》と倒《たお》れていきました。ハイシャマンは、なおも突《つ》き進《すす》んでいきます。

「ハイシャマン・ジェットスプレー！」

ハイシャマンが再《ふたた》び叫《さけ》ぶと、今度《こんど》はハイシャマンの左腕《ひだりうで》が、みるみるスプレーに変形《へんけい》しました。これも歯医者《はいしゃ》の先生《せんせい》が治療《ちりょう》の時《とき》に使《つか》う、あの水《みず》と空気《くうき》が勢《いきお》いよく出《で》るスプレーのようでした。ハイシャマンはスプレーに変形《へんけい》した左腕《ひだりうで》から、勢《いきお》いよく水《みず》を噴射《ふんしゃ》してムシバラバ達《たち》を次々《つぎつぎ》と吹《ふ》き飛《と》ばしていきます。

——シュー、シュー、シュー……

「わー、わわー、苦《くる》しいバラバ～」

ムシバラバ達《たち》は、悲鳴《ひめい》を上《あ》げながら吹《ふ》き飛《と》ばされてしまいました。

とところがです！　勇《いさ》ましいハイシャマンでしたが、何《なに》せたったの一人《ひとり》です。それに比《くら》べて、ムシバラバ達《たち》は次《つぎ》から次《つぎ》へと、たくさん増《ふ》えていくのです。きりがありません。穴《あな》の上《うえ》で身《み》を隠《かく》しながら、恐《おそ》る恐《おそ》るのぞいていたケンタ君《くん》には心当《こころあ》たりがありました。

「どうしよう。ボクが昨日《きのう》、ハミガキをサボっちゃったから、磨《みが》き残《のこ》しをエサにしてドンドンとムシバラバが増《ふ》えてしまっているんだ……」

　そのうちに、数《かず》にものを言《い》わせたムシバラバ達《たち》がハイシャマンの周《まわ》りを取《と》り囲《かこ》んでしまいました。

「ハイシャマン、観念《かんねん》しろバラバ～！　ワッハッハ、バラバ～」

「何《なに》を！　負《ま》けるものか！　ハイシャマン・ドリール&《アンド》ジェットスプレー」

と叫《さけ》びながらハイシャマンが両腕《りょううで》を上《あ》げた瞬間《しゅんかん》、その両腕《りょううで》がムシバラバ達《たち》につかまれてしまいました。身動《みうご》きのとれなくなったハイシャマンは、たちまちムシバラバ達《たち》につかまってしまいました。

「あっ、ハイシャマン！」

　思《おも》わず、大《おお》きな声《こえ》を上《あ》げてしまったケンタ君《くん》。すると、その声《こえ》に気付《きづ》いたムシバラバ達《たち》が、一斉《いっせい》に穴《あな》の上《うえ》にいるケンタ君《くん》の方《ほう》を振《ふ》り向《む》きました。

「そこにいるのは、誰《だれ》だバラバ～？」

「あっ……」

　ケンタ君《くん》は我《われ》に返《かえ》りました。ムシバラバ達《たち》に自分《じぶん》の姿《すがた》を見《み》られてしまったケンタ君《くん》は、恐《こわ》くて身動《みうご》きできなくなってしまいました。するとムシバラバの一匹《いっぴき》が嬉《うれ》しそうに叫《さけ》びました。

「そうか、お前《まえ》はケンタだな？　イッーヒッヒッ！　この歯《は》の持《も》ち主《ぬし》のケンタだ。ちょうど、お前《まえ》の歯《は》を食《た》べていたところだ。みんな、ケンタごと食《た》べてしまえバラバ～！」

そう言《い》うが早《はや》いか、ムシバラバ達《たち》は一斉《いっせい》に、今度《こんど》は穴《あな》の上《うえ》のケンタ君《くん》めがけて這《は》い上《あ》がってくるではありませんか。手《て》を上《うえ》にあげ、腰《こし》を振《ふ》りながら、踊《おど》るように行列《ぎょうれつ》をつくって、行進《こうしん》しながら迫《せま》ってきます。しかも、みんなで不気味《ぶきみ》な歌《うた》を歌《うた》いながら……

――ムシムシバンバン、バラバラバン！

――ムシムシバンバン、バラバラバン！

――おいしい、おいしいケンタの歯《は》！

――きっとケンタもおいしいぞっ！　ハァッ、おいしいぞっ！

ハイシャマンは身動《みうご》きのとれないまま必死《ひっし》で叫《さけ》びました。

「逃《に》げろ、ケンタ君《くん》！　早《はや》く逃《に》げるんだ！」

しかしケンタ君《くん》は恐《こわ》くて恐《こわ》くて動《うご》くことができません。恐怖《きょうふ》で体《からだ》が言《い》うことをきかないのです。そうこうしているうちにも、ムシバラバ達《たち》はケンタ君《くん》めがけて、どんどん迫《せま》ってきます。

「ど、どうしよう。か、体《からだ》が動《うご》かない……」

足《あし》がガクガク震《ふる》えます。ケンタ君《くん》のすぐ目《め》の前《まえ》までムシバラバ達《たち》が迫《せま》ってきました。

「ああ～、あァ……。エイッ！」

もうダメか、と思《おも》ったその時《とき》、ケンタ君《くん》はとっさに手《て》に持《も》っていた巨大《きょだい》なハブラシでムシバラバの頭《あたま》をたたいたのです。ビックリしたのはムシバラバ達《たち》の方《ほう》でした。ケンタ君《くん》がハブラシを持《も》っているとは思《おも》っていなかったのです。ムシバララバ達《たち》はハブラシが大《だい》の苦手《にがて》でした。

「ギャ、ギャー、バラバ～」

悲鳴《ひめい》を上《あ》げたムシバララバ達《たち》をみて、ケンタ君《くん》はハイシャマンに言《い》われたことを思《おも》い出《だ》しました。

「そうかっ！　このハブラシでゴシゴシすればいいんだ」

そう気付《きづ》いたケンタ君《くん》は、勇気百倍《ゆうきひゃくばい》、ハブラシを振《ふ》り回《まわ》しながらムシバララバの中《なか》に飛《と》び込《こ》んだのです。

「危《あぶ》ない、やめろケンタ君《くん》！　逃《に》げるんだ！」

身動《みうご》きのとれないハイシャマンは、叫《さけ》び続《つづ》けました。しかしケンタ君《くん》はハイシャマンのもとへ駆《か》け出《だ》したのです。

「ハイシャマン、今《いま》、助《たす》けにいくよ！　ゴシゴシゴシ！　ハイシャマーン、ハイシャマーン……」

ケンタ君《くん》は無我夢中《むがむちゅう》でハブラシをブンブンと振《ふ》り回《まわ》し、ゴシゴシとムシバララバ達《たち》をけちらしながら走《はし》りました。ケンタ君《くん》はハブラシを振《ふ》り回《まわ》しながら、いつのまにか大声《おおごえ》を上《あ》げていました。恐怖《きょうふ》に打《う》ち勝《か》つために、自分《じぶん》でも気付《きづ》かぬうちに大《おお》きな声《こえ》で歌《うた》っていたのです。

――ハッ、ハッ、ハミガキ
ゴシゴシ、シャカシャカ
虫歯《むしば》、バイバイ
ブクブク、ガラガラ
息《いき》も、さわやか
ガンバレ！　ハミガキ～

それはムシバラバ達《たち》の歌《うた》に負《ま》けないくらい、大《おお》きな歌声《うたごえ》となっていました。

「ギャアギャア、助《たす》けてくれバラバ～」

ハブラシが大《だい》の苦手《にがて》なムシバラバ達《たち》は、ケンタ君《くん》から次々《つぎつぎ》に逃《に》げていきます。ケンタ君《くん》は我《われ》を忘《わす》れ、死《し》に物狂《ものぐる》いでハイシャマンのもとに走《はし》りました。

「ハイシャマーン！　ハイシャマーン！」

いよいよケンタ君《くん》が近《ちか》づいてきたので、ハイシャマンをおさえていたムシバラバ達《たち》も思《おも》わず、その手《て》をはなしてしまいました。その隙《すき》を見逃《みのが》すハイシャマンではありません。

「しめた、トウッ！」

一瞬《いっしゅん》にして空中高《くうちゅうたか》くに舞《ま》い上《あ》がり、ムシバラバ達《たち》から逃《のが》れたのです。そして再《ふたた》びムシバラバ達《たち》に戦《たたか》いを挑《いど》んだのです。

「ケンタ君《くん》、ありがとう。もう、大丈夫《だいじょうぶ》。危《あぶ》ないから少《すこ》し離《はな》れて！」

ケンタ君《くん》は、その声《こえ》で我《われ》に返《かえ》りました。みるとハブラシを振《ふ》り回《まわ》す自分《じぶん》の周《まわ》りには、もうムシバラバ達《たち》は近《ちか》づいては来《き》ませんでした。ケンタ君《くん》はハイシャマンの指示通《しじどお》り、離《はな》れた物陰《ものかげ》に隠《かく》れました。それを確認《かくにん》したハイシャマンは、今《いま》まで聞《き》いたこともない大《おお》きな雄叫《おたけ》びを上《あ》げたのです。

「ハイシャマン・ソージキ・バキューム！」

するとハイシャマンのお尻《しり》から、象《ぞう》さんのお鼻《はな》のような、長《なが》いシッポが出《で》てきたのです。それはあたかも、歯医者《はいしゃ》の先生《せんせい》が治療《ちりょう》の時《とき》に使《つか》う、あの、お口《くち》の中《なか》のツバやよごれを吸《す》ってくれる細長《ほそなが》い「くだ」のようでした。

――ゴゴゴオー、ゴゴゴゴゴオオオー……

そのシッポは掃除機《そうじき》よりも大《おお》きな、すさまじい音《おと》を立《た》てながら、残《のこ》っていたムシバラバ達《たち》を次々《つぎつぎ》と吸《す》い込《こ》んでいくではありませんか！

「マントに隠《かく》れて見《み》えなかったけど、ハイシャマンにシッポがあったのか……」

ケンタ君《くん》がそう思《おも》う間《ま》もなく、残《のこ》っていたムシバラバ達《たち》は一匹残《いっぴきのこ》らず吸《す》い込《こ》まれてしまいました。

「ギィヤアアアー、吸《す》われるバ、ラ、バ……」

ムシバラバ達《たち》の最期《さいご》の断末魔《だんまつま》の叫《さけ》び声《ごえ》も、ハイシャマン・ソージキ・バキュームの大《おお》きな大《おお》きな音《おと》に、かき消《け》されてしまったのは言《い》うまでもありません。見事《みごと》、ハイシャマンとケンタ君《くん》は全《すべ》てのムシバラバ達《たち》をやっつけたのでした。ハイシャマンは、すっかり力《ちから》の抜《ぬ》けたケンタ君《くん》に近寄《ちかよ》りました。

「ケンタ君《くん》、ありがとう。よくやったね。ケンタ君《くん》の勇気《ゆうき》あるハブラシ攻撃《こうげき》のおかげで、ムシバラバ達《たち》を一匹残《いっぴきのこ》らずやっつけることができたよ」

「ハイシャマーン、ボク、ボク、こわかったよう、こわかったよう……」

ケンタ君《くん》は、ハイシャマンに抱《だ》きつき、ただただ泣《な》き声《ごえ》を上《あ》げるだけでした。ハイシャマンは優《やさ》しくケンタ君《くん》の耳元《みみもと》でささやきました。

「ケンタ君《くん》、よく頑張《がんば》った。ケンタ君《くん》はもう臆病《おくびょう》なんかじゃない。弱虫《よわむし》でもない。とっても強《つよ》くなったんだ。なんでも頑張《がんば》れるケンタ君《くん》に生《う》まれ変《か》わったんだ。ケンタ君《くん》、今日《きょう》から君《きみ》もハイシャマンさ」

「ボ、ボクがハイシャマン？」

「そうさ、立派《りっぱ》なハイシャマンさ！」

ハイシャマンはケンタ君《くん》を抱《だ》きしめながら、何度《なんど》も何度《なんど》もケンタ君《くん》の頭《あたま》をなでてくれました。

――しばらくしてケンタ君《くん》は落《お》ち着《つ》きを取《と》り戻《もど》しました。そして涙《なみだ》を拭《ふ》きながら、ハイシャマンに尋《たず》ねました。

「ところでハイシャマン。ムシバラバに食《た》べられちゃった、この大《おお》きな穴《あな》はどうなるの？」

だって、この歯《は》はケンタ君《くん》の歯《は》なのですから、きっと不安《ふあん》になったのでしょう。

「それは心配《しんぱい》ご無用《むよう》。ケンタ君《くん》、今《いま》から私《わたし》がこの穴《あな》を塞《ふさ》いで、虫歯《むしば》を治《なお》すからね！」

二人《ふたり》はさっそく、穴《あな》から出《で》て奥歯《おくば》の頂上《ちょうじょう》に戻《もど》りました。それからハイシャマンは自分《じぶん》の両腕《りょううで》を胸《むね》の前《まえ》にクロスさせて、バッテンのような形《かたち》にしたのです。その腕《うで》はもう、さっきとは違《ちが》い普通《ふつう》の腕《うで》に戻《もど》っていました。そしてハイシャマンは大声《おおごえ》で叫《さけ》びました。

「ハイシャマン・スーパービーム！」

その途端《とたん》、クロスしたハイシャマンの腕《うで》からは、まばゆいばかりの青色《あおいろ》の光線《こうせん》が発射《はっしゃ》されたのです。光線《こうせん》は、虫歯《むしば》の大《おお》きな穴《あな》の中《なか》めがけて発射《はっしゃ》されました。すると、どうでしょう！　光線《こうせん》が当《あ》たった穴《あな》の下《した》の方《ほう》から、白《しろ》い雪《ゆき》のようなものがドンドン積《つ》もっていきます。まるで大雪《おおゆき》が積《つ》もっていくように、穴《あな》がドンドン埋《う》まっていくではありませんか。しまいには、あっという間《ま》に、穴《あな》は完全《かんぜん》に雪《ゆき》のようなもので埋《う》め尽《つ》くされてしまいました。

「スゴイね、歯《は》が治《なお》っちゃったみたいだね？　これは歯《は》なの？」

あまりにもきれいに跡形《あとかた》もなく虫歯《むしば》の穴《あな》が塞《ふさ》がれてしまったので、ケンタ君《くん》は驚《おどろ》いてしまいました。

「イヤ、これは歯《は》ではないんだ。歯《は》はね、一度《いちど》、穴《あな》があいてしまうと、二度《にど》と元《もと》に戻《もど》らないのさ。だから白《しろ》いプラスチックみたいな詰《つ》め物《もの》をして治《なお》したんだよ」

「へえー、すごいんだね」

「とてもかたいので、これで普通《ふつう》にお食事《しょくじ》ができるんだ。なんでも噛《か》むことができるのさ。一緒《いっしょ》にこの上《うえ》に乗《の》って確《たし》かめてみようか？」

ハイシャマンはケンタ君《くん》と一緒《いっしょ》に、白《しろ》い詰《つ》め物《もの》の上《うえ》に乗《の》っかりました。

「とんだり、はねたり、ジャンプもできるね」

ケンタ君《くん》は嬉《うれ》しそうに奥歯《おくば》の上《うえ》で、ピョンピョンとスキップをしました。そんなケンタ君《くん》にハイシャマンは、優《やさ》しく語《かた》りかけました。

「ケンタ君《くん》、大切《たいせつ》なことが分《わ》かったかい？　ハミガキをサボるとどうなるか？」

「もちろんだよ。もう、あんなコワイ思《おも》いはコリゴリだよ。でも……」

「でも？　どうした？　ケンタ君《くん》？　何《なに》か問題《もんだい》でも？」

「でもマントで見《み》えなかったけど、ハイシャマンにシッポがあったのにはビックリしたよ」

ケンタ君《くん》はハイシャマンのお尻《しり》をのぞき込《こ》もうとしました。

「これは私《わたし》の秘密兵器《ひみつへいき》だからマントの後《うし》ろに隠《かく》してあるのさ。だから、普段《ふだん》は見《み》せられないんだ」

チョット恥《は》ずかしそうに、ハイシャマンはマントでお尻《しり》を押《お》さえました。

「もう一度《いちど》、ちょっとだけシッポを見《み》せてよ。ハイシャマン、お願《ねが》い！」

「イヤイヤ、これはわたしの秘密兵器《ひみつへいき》だから、ダメダメ……」

ハイシャマンはマントでお尻《しり》を隠《かく》しながら、ケンタ君《くん》から逃《に》げ回《まわ》りました。ケンタ君《くん》もハイシャマンを追《お》いかけました。

「チョットだけ、いいじゃないか。チョットだけ。ねっ」

「ダメ、ダメ、ダメだって……」

ハイシャマンもお尻《しり》を押《お》さえて、必死《ひっし》に逃《に》げて後《うし》ろを見《み》せてくれません。それでもどうしてもシッポを見《み》たいケンタ君《くん》は、勢《いきお》いよくハイシャマンの後《うし》ろに回《まわ》り込《こ》もうと大《おお》きくジャンプをしました。すると、その瞬間《しゅんかん》……

「アッ！」

ケンタ君《くん》は足《あし》を滑《すべ》らせて、奥歯《おくば》の上《うえ》から真《ま》っ逆《さか》さまに落《お》ちてしまいました。ケンタ君《くん》はそのまま再《ふたた》び気《き》を失《うしな》ってしまいました。

「――ケンタ君《くん》、大丈夫《だいじょうぶ》かい？　ケッ、ケンタ君《くん》」

その声《こえ》に、目《め》を覚《さ》ましたケンタ君《くん》。でも、そこはもうケンタ君《くん》のお口《くち》の中《なか》ではありませんでした。

「こ、ここは？」

そこは先程《さきほど》、転《ころ》んだしまった歯科医院《しかいいん》の入《い》り口《ぐち》の前《まえ》でした。

「ケンタ君《くん》、気《き》がついたかい？　良《よ》かった」

ケンタ君《くん》を抱《だ》きかかえながら、ずっと呼《よ》びかけていたのは歯医者《はいしゃ》の先生《せんせい》でした。ケンタ君《くん》が入《い》り口《ぐち》で転《ころ》んだと聞《き》き、心配《しんぱい》して外《そと》に飛《と》び出《だ》してきてくれたのです。

意識《いしき》を取《と》り戻《もど》したケンタ君《くん》は、抱《だ》きかかえてくれていた先生《せんせい》と目《め》が合《あ》いました。その瞬間《しゅんかん》、ケンタ君《くん》は叫《さけ》び声《ごえ》を上《あ》げました。

「あっ、ハイシャマン！」

ハイシャマンは帽子《ぼうし》とマスクとゴーグルをしていたので、ほとんど顔《かお》は分《わ》かりませんでした。でも先生《せんせい》の優《やさ》しそうなこの目《め》、そしてこの声《こえ》はハイシャマンに違《ちが》いありません。

「ケンタ、なに言《い》ってるの？『ハイシャマン』じゃなくて『歯《は》イシャさん』でしょ」

隣《となり》で一緒《いっしょ》に心配《しんぱい》していたお母《かあ》さんも声《こえ》を上《あ》げました。

「でも、すぐ意識《いしき》が戻《もど》って良《よ》かったわ」

お母《かあ》さんの話《はなし》によれば、ケンタ君《くん》が転《ころ》んで意識《いしき》をなくしたのはホンの一瞬《いっしゅん》だったそうです。ケンタ君《くん》は心《こころ》の中《なか》でつぶやきました。

「そっ、そうだったのか……。ハイシャマンは夢《ゆめ》だったのか。ムシバラバは夢《ゆめ》だったのか。ボクは転《ころ》んで夢《ゆめ》を見《み》ていたんだな。それにしても随分長《ずいぶんなが》い時間《じかん》、夢《ゆめ》を見《み》ていたような気《き》がするんだけど……」

先生《せんせい》はケンタ君《くん》に確認《かくにん》しました。

「ケンタ君《くん》、自分《じぶん》で起《お》き上《あ》がれるかな？」

「うん、もちろんさ。トウッ！」

ケンタ君《くん》は元気《げんき》に自分《じぶん》で跳《は》ね起《お》きました。

「さあ、ハイシャマン――じゃなかった――歯医者《はいしゃ》さん、ボクの歯《は》を治《なお》してね。ボク、頑《がん》張《ば》って治療《ちりょう》をするよ。もう、ムシバラバに歯《は》を食《た》べられるのはゴメンだからね……」

最後《さいご》の方《ほう》は、モゾモゾと何《なに》を言《い》っているかよく聞《き》き取《と》れませんでした。

「こら、ケンタ。歯医者《はいしゃ》さんじゃなくて、ちゃんと先生《せんせい》とよびなさい」

起《お》き上《あ》がったケンタ君《くん》が、先程《さきほど》とコロッと変《か》わって、いきなり治療《ちりょう》をすると言《い》い出《だ》したので、今度《こんど》はお母《かあ》さんの方《ほう》がビックリしてしまいました。

「でもケンタ、さっきと違《ちが》っていきなり治療《ちりょう》をするって、一体《いったい》どうしたの？」

「だって、もう歯《は》が痛《いた》くなるのはゴメンだからね！　そしてもう、ボクは臆病《おくびょう》な弱虫《よわむし》ではないんだ。なんたって、ムシバラバ達《たち》をやっつけたんだから。ボクだって、今日《きょう》からハイシャマンに変身《へんしん》したんだから……」

ケンタ君《くん》の言葉《ことば》は、また最後《さいご》の方《ほう》はモゾモゾと良《よ》く聞《き》き取《と》れませんでした。けれど、自《じ》分《ぶん》から治療《ちりょう》をすると言《い》っているのですから、お母《かあ》さんは一安心《ひとあんしん》です。

「先生《せんせい》、ケンタの治療《ちりょう》をどうぞよろしくお願《ねが》いします」

「何《なに》はともあれケガがなくて良《よ》かったですね。これから頑張《がんば》って虫歯《むしば》の治療《ちりょう》をしていきましょう。さあケンタ君《くん》、ガンバ！　ガンバ！」

「やっぱり！　絶対《ぜったい》、先生《せんせい》はハイシャマンだ。きっと本当《ほんとう》の姿《すがた》を隠《かく》すために、普段《ふだん》は人間《にんげん》の姿《すがた》をしているんだ。ムシバラバをやっつけるときだけ、変身《へんしん》してハイシャマンになるに違《ちが》いない……」

とケンタ君《くん》は心《こころ》の中《なか》で叫《さけ》びました。そして注意深《ちゅういぶか》く、先生《せんせい》のお尻《しり》を眺《なが》めたケンタ君《くん》でしたが、もちろんそこに「シッポ」はありませんでした。ケンタ君《くん》がしきりに先生《せんせい》の後《うし》ろを見《み》ているので、先生《せんせい》は気《き》になりました。

「ケンタ君《くん》、私《わたし》の後《うし》ろに何《なに》かついてるかな？」

「いや、何《なに》もついてません。それより先生《せんせい》、早《はや》く治療《ちりょう》をお願《ねが》いします。ガンバ！　ガンバ！」

「うん、一緒《いっしょ》に頑張《がんば》ろうね。ガンバ！　ガンバ！」

「まあ、ケンタったら……」

先生《せんせい》とケンタ君《くん》とお母《かあ》さんは、笑顔《えがお》で歯科医院《しかいいん》の中《なか》に入《はい》っていきました。その時《とき》、先生《せんせい》は歩《ある》きながら鼻歌《はなうた》を歌《うた》いはじめました。その歌《うた》はケンタ君《くん》がどこかで聞《き》いたことのある歌《うた》……、そう、あの歌《うた》でした。心《こころ》はすっかりハイシャマンに変身《へんしん》したケンタ君《くん》が、先生《せんせい》と一緒《いっしょ》に歌《うた》ったのは言《い》うまでもありません。しかも最後《さいご》の歌詞《かし》を替《か》え歌《うた》にして……

――ハッ、ハッ、ハミガキ
ゴシゴシ、シャカシャカ
虫歯《むしば》、バイバイ
ブクブク、ガラガラ
息《いき》も、さわやか
変身《へんしん》！　ハイシャマン～

三《みっ》つのハードル

——ポッポー、ポッポ……

「ウ〜ン、鳩《はと》の鳴《な》き声《ごえ》だ。もう朝《あさ》か〜。ホワァ〜、まだ眠《ねむ》いなあ……」

小学生《しょうがくせい》のひかる君《くん》は、毎朝《まいあさ》、鳩《はと》の鳴《な》き声《ごえ》で目《め》が覚《さ》めます。特《とく》に鳩《はと》を飼《か》っているわけではないのですが、どこからともなく鳩《はと》の鳴《な》き声《ごえ》が聞《き》こえてくるのです。ひかる君《くん》はお父《とう》さんとお母《かあ》さんと三人《にん》で、マンションの一番上《ばんうえ》の階《かい》に住《す》んでいました。きっと、そのせいで鳩《はと》の鳴《な》き声《ごえ》がいつも聞《き》こえるのでしょう。もちろん目覚《めざ》まし時計《どけい》もかけているのですが、いつもそれより少《すこ》し前《まえ》に、鳩《はと》の鳴《な》き声《ごえ》で目《め》が覚《さ》めてしまうのでした。

ひかる君《くん》は、朝《あさ》、起《お》きるとまずベランダに出《で》ます。そしていつもベランダからマンションの下《した》を眺《なが》めるのです。

「あっ！　今日《きょう》も来《き》ているぞ。カワイイなあ〜」

その日《ひ》も、お空《そら》がさわやかな青色《あおいろ》に晴《は》れ渡《わた》っていました。マンションの下《した》の道路《どうろ》では、毎朝《まいあさ》、おじいさんが犬《いぬ》を連《つ》れて散歩《さんぽ》にやってきていました。その犬《いぬ》は「チャウチャウ」と言《い》って、ライオンのたてがみのような毛《け》に覆《おお》われた、とってもカワイイ犬《いぬ》だったのです。もちろん動物《どうぶつ》が大好《だいす》きなひかる君《くん》は、毎朝《まいあさ》、そのチャウチャウを眺《なが》めるのが日課《にっか》でした。もちろんベランダから道路《どうろ》までは、かなり距離《きょり》があるので直接声《ちょくせつこえ》をかけることはできません。いつもひかる君《くん》はベランダから、そのチャウチャウを眺《なが》めるだけでした。

「あんなカワイイ犬《いぬ》を飼《か》えたらいいのになあ。犬《いぬ》じゃなくても、せめて何《なに》か他《ほか》の動物《どうぶつ》が飼《か》えたらいいのになあ……」

ひとりっこのひかる君《くん》には、実《じつ》は一《ひと》つの夢《ゆめ》がありました。いや、悩《なや》みと言《い》った方《ほう》がいいかもしれません。

「かわいいペットと暮《く》らしたい」

それがひかる君《くん》の夢《ゆめ》でした。でも、ひかる君《くん》はなかなかそのことを、お父《とう》さんにもお母《かあ》さんにも、打《う》ち明《あ》けることができませんでした。チャウチャウを眺《なが》めながら、そのことを考《かんが》えていると、そこにお母《かあ》さんがやってきました。

「おはよう、ひかる」

「お母《かあ》さん、おはよう」

「またワンちゃんを見《み》ていたの？　あらやだ、ひかる、また髪《かみ》の毛《け》がボサボサよ。早《はや》く顔《かお》を洗《あら》ってらっしゃい」

「はーい」

ひかる君《くん》は、普段《ふだん》はサラサラのストレートヘアです。マッシュルームのような髪型《かみがた》で横《よこ》と後《うし》ろは少《すこ》し刈《か》り上《あ》げていました。それだけに朝《あさ》は毎日《まいにち》、寝《ね》グセがついてしまうのです。ひかる君《くん》はお母《かあ》さんに言《い》われて、すぐに顔《かお》を洗《あら》いに行《い》きました。

ひとりベランダに残《のこ》ったお母《かあ》さんは、洗濯物《せんたくもの》を干《ほ》し始《はじ》めました。お母《かあ》さんが下《した》の道路《どうろ》を見《み》たときには、とっくに、おじいさんもチャウチャウも通《とお》り過《す》ぎてしまったようで、どこにも姿《すがた》は見《み》えませんでした。

「うちはマンションだから、ペットはねえ……」

ひかる君《くん》の気持《きも》ちをうすうすは感《かん》じていたお母《かあ》さんは、小《ちい》さくひとり言《ごと》をつぶやくのでした。

——そんなある日《ひ》、ひかる君《くん》はお母《かあ》さんと車《くるま》にのって、二人《ふたり》でお買《か》い物《もの》に出《で》かけました。ちょっと離《はな》れたところにある、大《おお》きめのスーパーマーケットに行《い》ったのです。

スーパーマーケットに行《い》く途中《とちゅう》には電車《でんしゃ》の踏切《ふみきり》があります。そしてこの踏切《ふみきり》に来《く》ると、いつもお母《かあ》さんが口癖《くちぐせ》のように言《い》うことがありました。

「ひかる、分《わ》かっているわね。もしひとりで遊《あそ》びに出《で》かけるときは、この踏切《ふみきり》までしか来《き》てはいけませんよ。絶対《ぜったい》に踏切《ふみきり》を越《こ》えてはいけませんよ」

「うん、分《わ》かっているよ！」

いつも同《おな》じことを言《い》われるので、ひかる君《くん》はちょっと強《つよ》く返事《へんじ》をしました。ひかる君《くん》の家《いえ》からこの踏切《ふみきり》までは、車《くるま》で五分《ふん》くらいです。一本道《いっぽんみち》で静《しず》かな家々《いえいえ》ばかりが並《なら》んでいました。ところが踏切《ふみきり》を越《こ》えると急《きゅう》に大通《おおどお》りになります。車《くるま》がたくさん走《はし》っているので、きっとお母《かあ》さんはそのことを心配《しんぱい》していたのでしょう。

踏切《ふみきり》を越《こ》えると、はじめにラーメン屋《や》さんがあります。次《つぎ》に薬屋《くすりや》さん、そしてペットショップを通《とお》り過《す》ぎると、いつも行《い》く大《おお》きめのスーパーマーケットに到着《とうちゃく》です。ごはんや日用品《にちようひん》などは、よくこのお店《みせ》で買《か》っていたのです。

その日《ひ》も、車《くるま》の中《なか》でお母《かあ》さんはひかる君《くん》に尋《たず》ねました。

「ひかる、今日《きょう》の晩《ばん》ご飯《はん》は何《なに》が食《た》べたい？」

「なんでもいいよ」

ひかる君《くん》は、うわのそらで返事《へんじ》をしました。その時《とき》、ひかる君《くん》はスーパーマーケットの手前《てまえ》にあるペットショップを、車《くるま》の中《なか》からずっと見《み》つめていたのです。車《くるま》で通《とお》り過《す》ぎるだけなので、ほんのチョットしか見《み》ることができません。それでもペットショップの大《おお》きな看板《かんばん》には、犬《いぬ》やネコや鳥《とり》といったかわいらしい動物《どうぶつ》たちの絵《え》が描《か》かれていました。

「あのペットショップの中《なか》に入《はい》ってみたいなあ」

とひかる君《くん》はいつも思《おも》っていました。でも、ひかる君《くん》のお父《とう》さんは動物《どうぶつ》が苦手《にがて》だったのです。だから、どうしてもそれを言《い》い出《だ》すことができませんでした。さらにマンションなので、ほとんどの動物《どうぶつ》を飼《か》うことができません。それもあって、よけいに言《い》い出《だ》すことができなかったのです。

そんなひかる君《くん》でしたが、一カ所《いっかしょ》だけ、動物《どうぶつ》と遊《あそ》べる場所《ばしょ》がありました。それはお友達《ともだち》のゆう君《くん》の家《いえ》でした。ゆう君《くん》のおうちでは子猫《こねこ》を飼《か》っていたのです。

――ある日曜日《にちようび》のこと、ひかる君《くん》はゆう君《くん》の家《いえ》に遊《あそ》びに行《い》きました。ゆう君《くん》の家《いえ》はちょうど踏切《ふみきり》の手前《てまえ》にありました。そうです。お母《かあ》さんに「越《こ》えてはいけない」と言《い》われている、あの踏切《ふみきり》です。ひかる君《くん》が一人《ひとり》で遊《あそ》びに行《い》けるギリギリの場所《ばしょ》でした。

「お母《かあ》さん、ゆう君《くん》の家《いえ》に行《い》ってくるね」

「自転車《じてんしゃ》で行《い》くんでしょ。車《くるま》に気《き》をつけてね。五時《ごじ》までには帰《かえ》ってきなさいね」

「はーい」

「それと、決《けっ》して踏切《ふみきり》より向《む》こう側《がわ》に行《い》ってはいけませんよ」

「分《わ》かってるよ！　行《い》ってきます」

少《すこ》しイヤな顔《かお》をしたひかる君《くん》。でも、サラサラの髪《かみ》をなびかせながら元気《げんき》よく自転車《じてんしゃ》で出《で》かけていきました。

ゆう君《くん》とひかる君《くん》は同《おな》じクラスのお友達《ともだち》で、大《だい》の仲良《なかよ》しでした。ゆう君《くん》のおうちで飼《か》っている子猫《こねこ》は「ルル」と言《い》う名前《なまえ》でした。

「ゆう君《くん》、今日《きょう》もルルちゃんを抱《だ》っこさせてもらっていい？」

「もちろんだよ、ひかる君《くん》」

「ルルちゃん、こっちにおいで。ルルちゃん」

ひかる君《くん》は、ルルちゃんを追《お》いかけて、むりやり抱《だ》き寄《よ》せようとしました。

「ニャーオー」

「あれれ、ルルちゃん、どこ行《い》くんだよ。ちょとまって。こっちだよ」

「ありゃりゃ、ひかる君《くん》……。ルルに嫌《きら》われちゃったみたいだね」

ゆう君《くん》は笑《わら》いながらルルを追《お》いかけていきました。ルルを抱《だ》っこしてもどってきたゆう君《くん》は、笑顔《えがお》でひかる君《くん》に説明《せつめい》しました。

「ひかる君《くん》、ネコはね、気《き》まぐれだから無理《むり》やり抱《だ》っこしようとしてもダメなんだ」

「どうしたらいいの？」

「例《たと》えば、これはルルの好《す》きなボールだけど、これを持《も》って振《ふ》ってみてくれる？」

ゆう君《くん》にボールを渡《わた》されたひかる君《くん》。そのボールの中《なか》には鈴《すず》が入《はい》っていました。

――チリチリ、チリーン……

ひかる君《くん》がボールを振《ふ》って鈴《すず》の音《おと》を出《だ》すと、ルルはそのボールをめがけてピョンっと、ひかる君《くん》のヒザの上《うえ》に飛《と》び乗《の》ってきたではありませんか。

「ニャオーン」

「ホントだ！　そうか、ルルちゃんの方《ほう》から来《く》るようにするんだね」

ひかる君《くん》は、ボールで遊《あそ》ぶルルをヒザの上《うえ》にのせ、ルルの頭《あたま》をなでてあげました。

楽《たの》しい時間《じかん》はあっという間《ま》に過《す》ぎていきました。ちょうど三時《さんじ》になったところで、ゆう君《くん》のお母《かあ》さんがお部屋《へや》に入《はい》ってきました。

「さあ、おやつの時間《じかん》ですよ。今日《きょう》のおやつは……。ジャーン、ひかる君《くん》の大好《だいす》きなイチゴショートよ」

ひかる君《くん》とゆう君《くん》とは幼稚園《ようちえん》の頃《ころ》からのお友達《ともだち》でした。だから、ゆう君《くん》のお母《かあ》さんも、しっかりとひかる君《くん》の大好物《だいこうぶつ》を知《し》っていたのです。

「ゆう君《くん》ママ、ありがとうございます」

「ワーイ、お母《かあ》さん、僕《ぼく》も大好《だいす》きだよ。イチゴショート」

「でしょう。二人《ふたり》のために、さっきそこのスーパーマーケットのケーキ屋《や》さんで買《か》ってきたばかりよ」

イチゴショートは、ほっぺたが落《お》ちるかと思《おも》うほどあまくて、おいしいくって、二人《ふたり》はお腹《なか》いっぱい、おやつをご馳走《ちそう》になりました。

ところが、いつもだったら、おやつを食《た》べた後《あと》もずっと遊《あそ》んでいるひかる君《くん》でしたが、この日《ひ》はちょっと違《ちが》っていました。

「今日《きょう》はお母《かあ》さんに『早《はや》く帰《かえ》ってこい』と言《い》われているので、これで帰《かえ》ります。ごちそうさまでした。さようなら」

「え、そうだったの？」

「ひかる君《くん》、気《き》をつけてね」

おやつを食《た》べ終《お》わると、ひかる君《くん》はそそくさとゆう君《くん》の家《いえ》を出《で》ました。でも、そんな約《やく》束《そく》をしたでしょうか？　実《じつ》はひかる君《くん》には、ある考《かんが》えがあったのです。

「どうしても、あのペットショップに行《い》きたい……」

そうです！　ひかる君《くん》は、どうしても我慢《がまん》できなくなってしまったのです。お母《かあ》さんに内緒《ないしょ》で、あの「ペットショップ」に行《い》くことにしたのです。ゆう君《くん》の家《いえ》からペットショップへ行《い》くには、踏切《ふみきり》を越《こ》えて大通《おおどお》りに出《で》たらすぐでした。ひかる君《くん》はお母《かあ》さんとの約束《やくそく》を決《けっ》して忘《わす》れたわけではありません。でも、どうしてもどうしても我慢《がまん》ができなくなってしまったのです。

ゆう君《くん》の家《いえ》を出《で》たひかる君《くん》は、すぐに例《れい》の踏切《ふみきり》に到着《とうちゃく》しました。ひかる君《くん》はお母《かあ》さんの言葉《ことば》を思《おも》い出《だ》していました。

「ひかる、もしひとりで遊《あそ》びに出《で》かけるときは、この踏切《ふみきり》までしか来《き》てはいけませんよ。絶対《ぜったい》に踏切《ふみきり》を越《こ》えてはいけませんよ」

ひかる君《くん》は心配《しんぱい》になっていました。でも、その心配《しんぱい》よりも、ペットショップに行《い》きたい気持《きも》ちの方《ほう》が、何倍《なんばい》も大《おお》きかったのです。ひかる君《くん》は、踏切《ふみきり》の手前《てまえ》で自転車《じてんしゃ》にまたがったまま、少《すこ》しとまって考《かんが》えました。

「お母《かあ》さんに、見《み》つからないかなあ？」

「でも、ペットショップの中《なか》には、どんな動物《どうぶつ》がいるんだろう？」

「お母《かあ》さんとの約束《やくそく》をやぶっちゃっていいのかな？」

「でもペットショップには、ルルちゃんみたいにカワイイ子猫《こねこ》もいるのかなあ？」

「お母《かあ》さんにバレちゃったら、絶対《ぜったい》おこられるだろうなあ」

「でも、あのチャウチャウみたいな、カワイイ犬《いぬ》もいるのかなあ？」

「内緒《ないしょ》でペットショップに行《い》ったなんて分《わ》かったら、お母《かあ》さんだけじゃなく、きっとお父《とう》さんにもしかられるだろうなあ」

「でも看板《かんばん》には、犬《いぬ》とか小鳥《ことり》とか色々《いろいろ》描《か》いてあったから、きっとたくさん動物《どうぶつ》がいるんだろうなあ」

ひかる君《くん》は、ドキドキとワクワクの入《い》り交《ま》じったとっても複雑《ふくざつ》な気持《きも》ちでした。そして、いよいよ踏切《ふみきり》を渡《わた》る決心《けっしん》をしたひかる君《くん》は、自分自身《じぶんじしん》に言《い》いきかせたのです。

「よし、次《つぎ》の電車《でんしゃ》が通《とお》り過《す》ぎたらレッツゴーだ！」

その時《とき》、ちょうど踏切《ふみきり》の遮断機《しゃだんき》がおりはじめました。

——キンコン、カンコン……

すぐに電車《でんしゃ》が勢《いきお》いよく近《ちか》づいてきました。

——ゴーッ、ガタンゴトン、ガタンゴトンッ……

電車《でんしゃ》が通《とお》り過《す》ぎ、いよいよ遮断機《しゃだんき》があがり始《はじ》めました。

「それっ、ペットショップへゴー！」

ひかる君《くん》は勢《いきお》いよく、自転車《じてんしゃ》のペダルをこぎ始《はじ》めたのです。初《はじ》めてひとりで踏切《ふみきり》の向《む》こう側《がわ》へ渡《わた》ったひかる君《くん》。ペットショップに一目散《いちもくさん》に向《む》かいました。その道《みち》は、いつもお母《かあ》さんとスーパーマーケットに買《か》い物《もの》に行《い》く時《とき》に、車《くるま》からながめる景色《けしき》と同《おな》じはずでした。でも自転車《じてんしゃ》をこぎながら、ひかる君《くん》はチョット不安《ふあん》になってしまいました。

「ペットショップまで、こんなに遠《とお》かったかなあ？」

しかしそんな不安《ふあん》も、今《いま》から行《い》くペットショップのことを考《かんが》えると、すぐに消《き》えてしまいました。踏切《ふみきり》を越《こ》え、ラーメン屋《や》さんを越《こ》え、薬屋《くすりや》さんを越《こ》え、やっと目的《もくてき》のペットショップにつきました。そして自転車《じてんしゃ》をお店《みせ》の前《まえ》にとめたひかる君《くん》は、思《おも》わず看板《かんばん》を見上《みあ》げました。

「わあー、ペットショップの看板《かんばん》は、近《ちか》くで見《み》るとこんなに大《おお》きいんだ」

いつもお母《かあ》さんと車《くるま》の中《なか》から見《み》ていたペットショップの看板《かんばん》が、今日《きょう》はなんだかいつもより、さらに大《おお》きく見《み》えました。ところが、ひかる君《くん》はいつまでもペットショップの外《そと》にいました。

「お店《みせ》の中《なか》に子供《こども》だけで入《はい》ってもいいのかなあ?」

ひとりでお店《みせ》の中《なか》に入《はい》る勇気《ゆうき》がなかったひかる君《くん》。仕方《しかた》なく、お店《みせ》の外《そと》からじっくり中《なか》をのぞいてみることにしました。

「お外《そと》からでも、たくさんの動物《どうぶつ》が見《み》えるから……」

ひかる君《くん》は自分《じぶん》に言《い》い聞《き》かせました。外《そと》からでも動物《どうぶつ》たちの様子《ようす》が分《わ》かるように、大《おお》きな透明《とうめい》なガラス窓《まど》の作《つく》りになっていました。ペットショップは、グルリとお店《みせ》の壁全体《かべぜんたい》がガラス張《ば》りになっていたのです。だから、まるで動物園《どうぶつえん》で動物《どうぶつ》を見《み》ているようでした。いままでは車《くるま》で通《とお》り過《す》ぎるだけだったので、こんなにじっくりと動物《どうぶつ》たちを見《み》たことはありませんでした。ひかる君《くん》は大興奮《だいこうふん》で、思《おも》わず声《こえ》を上《あ》げてしまいました。

「犬《いぬ》、ネコ、ウサギ、金魚《きんぎょ》そして鳥《とり》……。あっ、いたいた! チャウチャウだ。カワイイなあ〜。あっ、あのネコは、ルルちゃんそっくりだぞ! 鳥《とり》も色々《いろいろ》な種類《しゅるい》がいるなあ。他《ほか》にもたくさんいるぞ。トカゲ、モルモット……」

　動物《どうぶつ》たちも、外《そと》からながめているひかる君《くん》を見《み》ては、吠《ほ》えたり、鳴《な》いたり、慌《あわ》ただしく動《うご》き回《まわ》っていました。それはまるで動物《どうぶつ》たちの方《ほう》が、ひかる君《くん》を観察《かんさつ》しているようでした。中《なか》には、ひかる君《くん》を無視《むし》している動物《どうぶつ》もいましたが、それも含《ふく》めて、動物《どうぶつ》たちの一《ひと》つ一《ひと》つの仕草《しぐさ》に目《め》を見張《みは》るひかる君《くん》でした。

　そのうち、お母《かあ》さんと約束《やくそく》した時間《じかん》がだんだん近《ちか》づいてきました。結局《けっきょく》その日《ひ》は、ひかる君《くん》はペットショップの中《なか》に入《はい》ることができませんでした。ひかる君《くん》はまだまだ、ずっと動物《どうぶつ》たちを見《み》ていたかったのですが、しかたなく家《いえ》に帰《かえ》ることにしました。

　ペットショップを出《で》て、薬屋《くすりや》さんの前《まえ》を通《とお》りラーメン屋《や》さんをすぎ、踏切《ふみきり》まで来《き》ました。踏切《ふみきり》を渡《わた》ると先程《さきほど》まで遊《あそ》んでいたゆう君《くん》の家《いえ》があります。もちろん、ゆう君《くん》にはペットショップのことなんて一言《ひとこと》も話《はな》していません。

「ゆう君《くん》に、姿《すがた》を見《み》られたら大変《たいへん》だぞ」

　ひかる君《くん》はそれまでよりもスピードをあげて、全速力《ぜんそくりょく》でゆう君《くん》の家《いえ》を通《とお》り過《す》ぎました。そこからひかる君《くん》の家《いえ》までは一本道《いっぽんみち》です。通《とお》り慣《な》れた一本道《いっぽんみち》でしたが、ひかる君《くん》は周《まわ》りの景色《けしき》など全《まった》く目《め》に入《はい》ってきませんでした。頭《あたま》の中《なか》は、先程《さきほど》見《み》てきたばかりの、カワイイ動《どう》物《ぶつ》たちのことでいっぱいだったのです。ウキウキ、ワクワクした気持《きも》ちでいっぱいのひかる君《くん》でした。

　ところが、自分《じぶん》の家《いえ》が近《ちか》づくにつれ、ひかる君《くん》はだんだんと不安《ふあん》になってきました。

「バレちゃったら、怒《おこ》られるだろうなあ……」

家《いえ》が近《ちか》づけば近《ちか》づくほど、自転車《じてんしゃ》のペダルが重《おも》たくなったように感《かん》じました。お母《かあ》さんの顔《かお》が頭《あたま》に浮《う》かんできて、胸《むね》がドキンドキンしてきました。

「お母《かあ》さんに、なんて言《い》おう？　正直《しょうじき》に話《はな》した方《ほう》が良《よ》いかな？」

さらに家《いえ》が近《ちか》づくと、さっきまでのワクワクした気持《きも》ちは、まったくなくなってしまいました。逆《ぎゃく》にビクビクした気持《きも》ちばかりが、どんどん大《おお》きくなってきたのです。家《いえ》に到着《とうちゃく》する頃《ころ》には、お母《かあ》さんの怒《おこ》った顔《かお》だけが頭《あたま》に浮《う》かんでいたひかる君《くん》でした。

「ただいま。お母《かあ》さん」

「お帰《かえ》りなさい。ゆう君《くん》のおうちは楽《たの》しかった？」

家《いえ》に着《つ》いたひかる君《くん》は、ゆう君《くん》と遊《あそ》んだ出来事《できごと》をお母《かあ》さんに話《はな》しました。でも、どうしても本当《ほんとう》のことは言《い》えませんでした。ただ、その日《ひ》の晩《ばん》ご飯《はん》の時《とき》、お母《かあ》さんが心配《しんぱい》そうな顔《かお》をして、ひかる君《くん》の顔《かお》をのぞき込《こ》みました。

「ひかる、どうかしたの？　元気《げんき》がないわね」

「そっ、そんなことないよ！」

「ゆう君《くん》とけんかでもしたの？」

「してないよっ！　ゆう君《くん》の家《いえ》は楽《たの》しかったよ。おやつにケーキをご馳走《ちそう》になったから、お腹《なか》すいてないだけだよ」

ちょっと、怒《おこ》ったようにこたえたひかる君《くん》。その日《ひ》は最後《さいご》まで、ペットショップに行《い》ったことは言《い》えませんでした。

——それから一週間《いっしゅうかん》、ひかる君《くん》はお母《かあ》さんにバレないかな、といつもビクビク、ヒヤヒヤしていました。本当《ほんとう》のことがバレたらおこられるだろうな、と心配《しんぱい》で仕方《しかた》ありませんでした。でも日《ひ》がたつにつれて、だんだんとビクビク、ヒヤヒヤがおさまってきました。するとそれとは逆《ぎゃく》に「またペットショップに行《い》きたい」という気持《きも》ちが、だんだんと大《おお》きくなってきたのです。

そのうちひかる君《くん》は、どうしてもまた我慢《がまん》できなくなってしまいました。ペットショップに行《い》きたい、という気持《きも》ちに勝《か》てなくなってしまったのです。そして、またゆう君《くん》の家《いえ》に遊《あそ》びに行《い》くことにしたのです。いや、ゆう君《くん》の家《いえ》に遊《あそ》びに行《い》ったあと、帰《かえ》りに、またペットショップに行《い》くことにしたのです。

それからというもの、ひかる君《くん》はどうしても我慢《がまん》できなくて、お母《かあ》さんに内緒《ないしょ》で何度《なんど》もペットショップに行《い》ってしまいました。いろいろな友達《ともだち》の家《いえ》に行《い》く、とウソをついては何《なん》度《ど》も何度《なんど》もペットショップに行《い》ったのでした。

ウソをついてペットショップに行《い》くと、すごくビクビクしました。お母《かあ》さんにウソがばれないかと、いつもヒヤヒヤしていました。でも時間《じかん》がたつと、ビクビクとヒヤヒヤが少《すこ》しずつなくなってしまう。すると、またペットショップ行《い》きたくなってしまう。だから、お母《かあ》さんに内緒《ないしょ》でまた行《い》ってしまう。この繰《く》り返《かえ》しだ、とひかる君《くん》は自分《じぶん》でも分《わ》かっていました。でも、どうしても我慢《がまん》することができませんでした。そして本当《ほんとう》のことをお母《かあ》さ

ん に話《はな》すこともできませんでした。

——そんなある日、いつものようにひかる君《くん》は、ひとりでペットショップの外《そと》から動物《どうぶつ》たちを眺《なが》めていました。すると突然《とつぜん》、お店《みせ》の中《なか》からエプロンを掛《か》けたひとりのおじさんが出《で》てきました。丸《まる》いメガネの奥《おく》は、優《やさ》しそうな目《め》がニコニコ笑《わら》っていました。

「ぼうや、いつも見《み》に来《き》てくれているようだね。お外《そと》でばかり見《み》ていないで、お店《みせ》の中《なか》に入《はい》ってみないかい？　中《なか》には、もっとたくさんのカワイイ動物《どうぶつ》たちがいるよ」

「お、おじさんは？」

「ゴメン、ゴメン、ビックリさせちゃったね。でも安心《あんしん》しておくれ。おじさんはこのお店《みせ》の店長《てんちょう》だから」

ひかる君《くん》に声《こえ》をかけてきたのは、ペットショップの店長《てんちょう》さんでした。店長《てんちょう》さんは、いつも真剣《しんけん》なまなざしで動物《どうぶつ》たちを見《み》ているひかる君《くん》に気付《きづ》いていたのです。はじめはモジモジしていたひかる君《くん》。

「さあさあ、お外《そと》は寒《さむ》いから、中《なか》に入《はい》った、入《はい》った」

結局《けっきょく》、店長《てんちょう》さんにさそわれて、ひかる君《くん》はお店《みせ》の中《なか》に入《はい》ることにしました。季節《きせつ》はちょうど秋《あき》から冬《ふゆ》にさしかかる頃《ころ》でした。

ペットショップに入《はい》った瞬間《しゅんかん》、パッと明《あか》るい店内《てんない》に不思議《ふしぎ》なにおいがしました。でも決《けっ》してイヤなにおいではありません。目《め》の前《まえ》には外《そと》からは見《み》えなかった、たくさんの動物《どうぶつ》たちがあちらこちらで鳴《な》いていました。その動物《どうぶつ》たちの鳴《な》き声《ごえ》は、まるでひかる君《くん》を歓迎《かんげい》しているようでした。

「ぼうや、まだ名前《なまえ》を聞《き》いてなかったね。なんていう名前《なまえ》なんだい？」

「はい、ボクの名前《なまえ》は、ひかるです」

「では、ひかる君《くん》。当店《とうてん》をご案内《あんない》いたしまーす！」

店長《てんちょう》さんは、笑顔《えがお》でペットショップの中《なか》を順番《じゅんばん》に案内《あんない》してくれました。歩《ある》いては立《た》ち止《ど》まり、大《おお》きく身振《みぶ》り手振《てぶ》りをまじえて、ていねいに説明《せつめい》してくれました。そのたびにメガネがずれるのか、何度《なんど》も丸《まる》いメガネをかけ直《なお》していました。メガネの奥《おく》は、相変《あいか》わらずニコニコ笑《わら》っていました。ひかる君《くん》にとっては、まさにワクワク、ウキウキの連続《れんぞく》でした。

「どうだい、ここにはたくさんの動物《どうぶつ》がいるだろう。みんなカワイイやつなんだよ」

「ほんとうですね」

「ひかる君《くん》は、どんな動物《どうぶつ》が好《す》きなんだい？」

「ボクはどの動物《どうぶつ》も大好《だいす》きです。なかでも犬《いぬ》が一番好《いちばんす》きです。でもお父《とう》さんが、動物《どうぶつ》が苦《にが》手《て》なんです」

「そうだったのかい、ひかる君《くん》。それでいつも、ひとりで外《そと》から眺《なが》めていたんだね」

店長《てんちょう》さんは大《おお》きく頷《うなず》きました。

「どーれ、それならこの小鳥《ことり》なんてどうだい？」

「カワイイですね！」

郵便はがき

料金受取人払郵便

新宿局承認

2523

差出有効期間
2025年3月
31日まで
(切手不要)

160-8791

141

東京都新宿区新宿1－10－1

(株)文芸社

愛読者カード係 行

ふりがな お名前			明治 大正 昭和 平成 年生 歳	
ふりがな ご住所	□□□-□□□□		性別 男・女	
お電話 番 号	(書籍ご注文の際に必要です)	ご職業		
E-mail				

ご購読雑誌(複数可)	ご購読新聞 新聞

最近読んでおもしろかった本や今後、とりあげてほしいテーマをお教えください。

ご自分の研究成果や経験、お考え等を出版してみたいというお気持ちはありますか。

ある　　ない　　内容・テーマ(　　　　　　　　　　　　　　　)

現在完成した作品をお持ちですか。

ある　　ない　　ジャンル・原稿量(　　　　　　　　　　　　　　　)

書　名			
お買上 書　店	都道　　　　　市区 府県　　　　　郡	書店名	書店
		ご購入日	年　　月　　日

本書をどこでお知りになりましたか?

1.書店店頭　2.知人にすすめられて　3.インターネット（サイト名　　　　）

4.DMハガキ　5.広告、記事を見て（新聞、雑誌名　　　　）

上の質問に関連して、ご購入の決め手となったのは?

1.タイトル　2.著者　3.内容　4.カバーデザイン　5.帯

その他ご自由にお書きください。

（　　　　　　　　　　　　　　　　　　　　）

本書についてのご意見、ご感想をお聞かせください。

①内容について

②カバー、タイトル、帯について

弊社Webサイトからもご意見、ご感想をお寄せいただけます。

ご協力ありがとうございました。

※お寄せいただいたご意見、ご感想は新聞広告等で匿名にて使わせていただくことがあります。

※お客様の個人情報は、小社からの連絡のみに使用します。社外に提供することは一切ありません。

■書籍のご注文は、お近くの書店または、ブックサービス（0120-29-9625）、セブンネットショッピング（http://7net.omni7.jp/）にお申し込み下さい。

「そうだろう」

「何《なん》という鳥《とり》なんですか？」

「インコっていうんだよ。『セキセイインコ』ってね。みんな生《う》まれたてホヤホヤだよ。大《おお》きな動物《どうぶつ》が苦手《にがて》な人《ひと》でも、この小鳥《ことり》ならきっと大丈夫《だいじょうぶ》なはずさ……」

「ピー、ピー」

生《う》まれたてのインコ達《たち》は、それはそれはかわいらしい鳴《な》き声《ごえ》を上《あ》げていました。

「はじめまして。ひかる君《くん》、よろしくね！」

ひかる君《くん》には、そう言《い》っているように聞《き》こえました。店長《てんちょう》さんは、ひかる君《くん》にインコについていろいろ教《おし》えてくれました。同《おな》じインコでも「オカメインコ」、「セキセイインコ」、「コザクラインコ」などたくさんの種類《しゅるい》があることをひかる君《くん》は初《はじ》めて知《し》りました。

「ひかる君《くん》、インコの中《なか》でも特《とく》にセキセイインコは一番人《いちばんひと》なつっこくて、人間《にんげん》と仲良《なかよ》しになれる種類《しゅるい》なんだよ」

ひかる君《くん》は目《め》の前《まえ》にいる、色《いろ》とりどりのインコを指《ゆび》さしながら、店長《てんちょう》さんに尋《たず》ねました。

「いろいろな色《いろ》があるんですね。これは全部《ぜんぶ》、セキセイインコなんですか？」

「そうだよ。セキセイインコはとってもカラフルなんだ。一番《いちばん》、目《め》にするのはこのキイロっぽいヤツかなあ。ミドリのヤツもいるぞ。まだヒナだから色《いろ》がうすいけど、大人《おとな》になると、とってもきれいな色《いろ》のインコになるんだよ」

同《おな》じセキセイインコなのに、たくさんの色《いろ》があることが、ひかる君《くん》にはちょっと不思議《ふしぎ》でした。店長《てんちょう》さんは、相変《あいか》わらず笑顔《えがお》でひかる君《くん》に話《はな》しかけました。

「ひかる君《くん》は、どの色《いろ》のインコが好《す》きかな？」

「この白色《しろいろ》と水色《みずいろ》のインコが一番好《いちばんす》きです！」

ひかる君《くん》は、一番手前《いちばんてまえ》でピーピーと元気《げんき》よく鳴《な》いていたインコを指《ゆび》さしました。そのインコは頭《あたま》の部分《ぶぶん》が白色《しろいろ》で、羽《はね》が水色《みずいろ》のツートンカラーでした。もともとひかる君《くん》の一番好《いちばんす》きな色《いろ》は青色《あおいろ》でした。同《おな》じ青色《あおいろ》でも、さわやかな「お空《そら》の青色《あおいろ》」が大好《だいす》きでした。それだから、この白色《しろいろ》と水色《みずいろ》のツートンカラーのインコがひかる君《くん》の目《め》をひいたのかもしれません。それとも一番手前《いちばんてまえ》で元気《げんき》に鳴《な》いていたからでしょうか？　その元気《げんき》な鳴《な》き声《ごえ》はまるで「ひかる君《くん》、一緒《いっしょ》に遊《あそ》ぼうよ！」と、ひかる君《くん》には聞《き》こえたのかもしれません。ひかる君《くん》はさらに店長《てんちょう》さんに聞《き》いてみました。

「このインコはオスですか？　メスですか？」

「セキセイインコはね、大人《おとな》にならないとオスかメスか分《わ》からないんだよ」

「えっ!?　おっ、大人《おとな》になるまで、オスかメスか分《わ》からないんですか!?」

ひかる君《くん》は思《おも》わず、大《おお》きな声《こえ》を上《あ》げてしまいました。だって、人間《にんげん》だったら生《う》まれた瞬間《しゅんかん》にオスかメスか——イヤイヤ、そうではなくて——男《おとこ》の子《こ》か女《おんな》の子《こ》かすぐに区別《くべつ》がつくのに。そんなひかる君《くん》に、店長《てんちょう》さんはメガネをズリ上《あ》げながら、丁寧《ていねい》に説明《せつめい》してくれました。

「この、お鼻《はな》のところが見《み》えるかい？　大人《おとな》になったとき『青《あお》っぽい、こい色《いろ》』になったらオス。『モモ色《いろ》っぽい、うすい色《いろ》』ならメスなんだ」

ひかる君《くん》はしげしげとインコのお鼻《はな》をながめました。そしてさらに質問《しつもん》を続《つづ》けました。

「店長《てんちょう》さん、このピーちゃんの名前《なまえ》はなんて言《い》うんですか？」

店長《てんちょう》さんは、ちょっとビックリした顔《かお》をしました。でも笑《わら》いながらこたえてくれました。

「うちはペットショップだから動物《どうぶつ》に名前《なまえ》はつけないんだ。名前《なまえ》はね、飼《か》い主《ぬし》さんに引《ひ》き取《と》ってもらって、飼《か》い主《ぬし》さんにつけてもらうものだからね。でもひかる君《くん》、今《いま》『ピーちゃん』ってよんでたよね」

「あっ、ゴメンナサイ！　あまりにも元気《げんき》にピーピーと鳴《な》いていたので、つられて『ピーちゃん』って、よんじゃいました」

ひかる君《くん》も店長《てんちょう》さんも一緒《いっしょ》に大笑《おおわら》いしてしまいました。笑《わら》うたびに、相変《あいか》わらず店長《てんちょう》さんは何度《なんど》もメガネをズリ上《あ》げて直《なお》していました。

――その日《ひ》の夜《よる》、ひかる君《くん》はベッドの中《なか》に入《はい》ってもなかなか眠《ねむ》れませんでした。ペットショップで出会《であ》った「ピーちゃん」のことが頭《あたま》から離《はな》れなかったからです。白色《しろいろ》と水色《みずいろ》のツートンカラーの「ピーちゃん」のカワイイ顔《かお》、カワイイ鳴《な》き声《ごえ》を思《おも》い出《だ》しては、ため息《いき》をつくひかる君《くん》でした。

「ピーちゃんと一緒《いっしょ》に暮《く》らせたら良《よ》いのになあ〜」

しかし、それは叶《かな》わぬ夢《ゆめ》でした。なぜなら、ひかる君《くん》のお父《とう》さんは動物《どうぶつ》が苦手《にがて》だったからです。確《たし》かにひかる君《くん》のマンションでも小鳥《ことり》ならば飼《か》うことが許《ゆる》されていました。しかし、ひかる君《くん》がピーちゃんのことを話《はな》せば、お父《とう》さんが困《こま》ると思《おも》ったのです。お父《とう》さんが嫌《いや》がると思《おも》ったのです。だから、どうしても話《はな》す勇気《ゆうき》がありませんでした。ましてや内緒《ないしょ》で踏切《ふみきり》を越《こ》えて、ひとりでペットショップに行《い》った、なんて言《い》おうものならお母《かあ》さんに怒《おこ》られるに決《き》まっています。こわくてこわくて、とても正直《しょうじき》に話《はな》す勇気《ゆうき》などありませんでした。

それからというもの、ひかる君《くん》は来《く》る日《ひ》も来《く》る日《ひ》もピーちゃんに会《あ》いに行《い》きました。もちろんお母《かあ》さんやお父《とう》さんには内緒《ないしょ》です。ペットショップに行《い》くたびに、店長《てんちょう》さんはいつも笑顔《えがお》で迎《むか》えてくれました。

「店長《てんちょう》さん、こんにちは！　ピーちゃんは元気《げんき》ですか？」

「よう、ひかる君《くん》！　今日《きょう》も来《き》たんだね。ピーちゃんは元気《げんき》だよ」

「ピー、ピー、ぴっぴー」（ひかる君《くん》、こんにちは！　また会《あ》いに来《き》てくれて嬉《うれ》しいです）

すでにこのインコは、すっかり「ピーちゃん」という名前《なまえ》になっていました。それだけ、ひかる君《くん》がピーちゃんとひかる君《くん》は、ますます仲良《なかよ》くなっていきました。ピーちゃんにたくさん会《あ》いに来《き》ているということに他《ほか》なりません。

そんなあるとき、店長《てんちょう》さんはひかる君《くん》に言《い》いました。

「ひかる君《くん》、ピーちゃんを手《て》の上《うえ》に乗《の》っけてみないかい？」

「えっ！　いいんですか？」

ひかる君《くん》は目《め》を輝《かがや》かせました。

「ひかる君《くん》なら、特別《とくべつ》だ」

店長《てんちょう》さんはニッコリとほほえみかけました。

「では、ひかる君《くん》。右手《みぎて》をグウにして人差《ひとさ》し指《ゆび》だけを上《うえ》に立《た》ててごらん。『一番《いちばん》』のかたちになるだろう？」

「こ、こうですか？」

ひかる君《くん》は店長《てんちょう》さんに言《い》われるままに、店長《てんちょう》さんと同《おな》じように右手《みぎて》を『一番《いちばん》』のかたちにしました。

「そうそう、次《つぎ》に、その一番《ばん》にした手《て》をそのまま横《よこ》に倒《たお》すんだ。ちょうど、人差《ひとさ》し指《ゆび》を『とまり木《ぎ》』のようにして、ピーちゃんが乗《の》っかりやすいように」

「こ、こうですか？」

「そうそう上手《じょうず》。そして、次《つぎ》が大事《だいじ》だ。そのままピーちゃんの前《まえ》にそっと指《ゆび》を近《ちか》づけて、こう唱《とな》えるんだ。『あなたのことが一番大切《いちばんたいせつ》です』って優《やさ》しくね」

「あなたのことが一番《いちばん》……。だから手《て》を一番《ばん》のかたちに？」

ひかる君《くん》は小《ちい》さな声《こえ》でつぶやきました。店長《てんちょう》さんは大《おお》きく頷《うなず》きながら鳥《とり》かごを開《あ》け、自分《じぶん》の人差《ひとさ》し指《ゆび》をそっとピーちゃんに近《ちか》づけました。そして店長《てんちょう》さんはピーちゃんに話《はな》しかけました。

「ピーちゃん、あなたのことが一番大切《いちばんたいせつ》です」

するとどうでしょう！

ピーちゃんが嬉《うれ》しそうに、店長《てんちょう》さんの人《ひと》さし指《ゆび》の上《うえ》にピョンと飛《と》び乗《の》ったではありませんか。きっとピーちゃんには、店長《てんちょう》さんの言葉《ことば》が通《つう》じたに違《ちが》いありません。店長《てんちょう》さんはピーちゃんの乗《の》った手《て》を、今度《こんど》は、ひかる君《くん》の方《ほう》にそっと近《ちか》づけました。

「ぴぴぴーっ、ピピピー！」

「さあ、ひかる君《くん》もやってごらん」

ひかる君《くん》は緊張《きんちょう》した顔《かお》をしながら、ゆっくりとピーちゃんの乗《の》っている店長《てんちょう》さんの右《みぎ》手《て》に、自分《じぶん》の右手《みぎて》を近《ちか》づけました。

「ピーちゃん、ボクはピーちゃんが一番《いちばん》、大好《だいす》きなんだ」

「ピピッ、ぴぴーっ、ピピピー！」

するとどうでしょう！　今度《こんど》はひかる君《くん》の指《ゆび》の上《うえ》に、ピーちゃんが嬉《うれ》しそうにチョコンと飛《と》び乗《の》ったではありませんか。

「私《わたし》もひかる君《くん》が大好《だいす》きです！」

ひかる君《くん》には、きっとそう聞《き》こえたことでしょう。そして初《はじ》めてピーちゃんを手《て》に乗《の》せたひかる君《くん》は、嬉《うれ》しいと同時《どうじ》に少《すこ》しビックリしてしまいました。

「こんなに軽《かる》いんだ！　こんなに軽《かる》いのに、こんなに大《おお》きな声《こえ》で元気《げんき》よくピーピー鳴《な》くんだ」

　ひかる君《くん》は心《こころ》の中《なか》で驚《おどろ》きの叫《さけ》び声《ごえ》を上《あ》げていました。嬉《うれ》しそうに、そしてちょっとビックリしているひかる君《くん》に、店長《てんちょう》さんは優《やさ》しく尋《たず》ねました。

「どうだい、ひかる君《くん》？」

「か、軽《かる》いんですね！　でもとっても、あたたかいですね」

「そうだろ。あたたかいだろう。動物《どうぶつ》はこんな小《ちい》さな体《からだ》でも一生懸命《いっしょうけんめい》生《い》きている、ってことだね」

「ピー、ピー、ぴぴぴーっ」

　ピーちゃんも、ひかる君《くん》の手《て》の上《うえ》から離《はな》れようとはしませんでした。ひかる君《くん》の人差《ひとさ》し指《ゆび》の上《うえ》で、首《くび》を縦《たて》に振《ふ》ったり、横《よこ》に振《ふ》ったり、目《め》をぱちくりさせながら、いつもより嬉《うれ》しそうに鳴《な》いていました。

「ピピピー、ぴぴぴーっ！」

　そのかわいらしさに、ひかる君《くん》はますますピーちゃんが好《す》きになってしまいました。

「店長《てんちょう》さん、ありがとうございます。手《て》の上《うえ》に乗《の》っけてみて、ますますピーちゃんが好《す》きになりました。でも、お父《とう》さんが……」

「ひかる君《くん》、いいんだよ。いつもピーちゃんと遊《あそ》んでくれるお礼《れい》だから」

　店長《てんちょう》さんには分《わ》かっていました。ひかる君《くん》のお父《とう》さんが動物《どうぶつ》が苦手《にがて》なため、ひかる君《くん》の家《いえ》では動物《どうぶつ》は飼《か》えないことを。でも、ひかる君《くん》がピーちゃんと遊《あそ》んでくれるだけで、店《てん》長《ちょう》さんは嬉《うれ》しかったのです。

ただ、そんな店長《てんちょう》さんがたった一《ひと》つだけ知《し》らないことがありました。まさかひかる君《くん》がおうちの人《ひと》に内緒《ないしょ》でペットショップに来《き》ているなんて、店長《てんちょう》さんは夢《ゆめ》にも思《おも》っていなかったのです。てっきりひかる君《くん》はお父《とう》さん、お母《かあ》さんの許《ゆる》しをもらってペットショップに来《き》ているものとばかり思《おも》っていたのです。ひかる君《くん》は、店長《てんちょう》さんにも本当《ほんとう》のことを話《はな》していませんでした。

――ピーちゃんを初《はじ》めて手《て》の上《うえ》に乗《の》せてからというもの、ひかる君《くん》はすっかり考《かんが》え込《こ》んでしまいました。「どうしても、ピーちゃんを自分《じぶん》の家《いえ》で飼《か》いたい」と思《おも》うようになったからです。でもそのためには、まずは正直《しょうじき》に話《はな》さなければなりませんでした。お母《かあ》さんとの約束《やくそく》を破《やぶ》って、ペットショップにひとりで行《い》っていることを正直《しょうじき》に話《はな》して、あやまらなければなりませんでした。それだけでも、恐《こわ》いことです。とっても勇気《ゆうき》がいることでした。

そのうえに、動物《どうぶつ》が苦手《にがて》なお父《とう》さんにどう頼《たの》んでよいか、とてもとても分《わ》かりませんでした。

さらに、ピーちゃんを家《いえ》で飼《か》うには、ペットショップの店長《てんちょう》さんにお金《かね》を出《だ》して、ピーちゃんを買《か》いとらねばなりません。そのお金《かね》はどうしたらよいのでしょう?

一《いち》、お母《かあ》さんのこと

二、お父《とう》さんのこと
三、お金《かね》のこと
　そうです。ピーちゃんと一緒《いっしょ》に家《いえ》で暮《く》らすためには、この三《みっ》つの問題《もんだい》を解決《かいけつ》しなければならないのです。三《みっ》つの大《おお》きなハードルをクリアしなければならなかったのです。どうしたら、ピーちゃんと暮《く》らせるのか？　どうやったら三《みっ》つのハードルをのりこえられるのか？　ひかる君《くん》は一生懸命考《いっしょうけんめいかんが》えました。来《く》る日《ひ》も来《く》る日《ひ》も考《かんが》えました。そして、ひかる君《くん》は次《つぎ》の方法《ほうほう》でハードルをクリアしようと計画《けいかく》を立《た》てました。

「三《さん》、お金《かね》のハードル」のクリア方法《ほうほう》
　これは一番何《いちばんなん》とかなりそうでした。ひかる君《くん》は、お父《とう》さんとお母《かあ》さんからもらう毎月《まいつき》のお小遣《こづか》いを少《すこ》しずつ貯《た》めていました。しかも、もう少《すこ》しでお正月《しょうがつ》が来《く》るのです。そうです。お正月《しょうがつ》にもらうお年玉《としだま》をあわせれば、自分《じぶん》のお小遣《こづか》いで、ピーちゃんを買《か》い取《と》ることができると思《おも》ったのでした。

「二《に》、お父《とう》さんのハードル」のクリア方法《ほうほう》
　ひかる君《くん》のお父《とう》さんは動物《どうぶつ》が苦手《にがて》でした。でもピーちゃんは小鳥《ことり》なので、ひかる君《くん》の部屋《へや》の中《なか》だけで飼《か》うことができます。そうです！　犬《いぬ》やネコと違《ちが》ってお父《とう》さんの目《め》に触《ふ》れずに飼《か》うことができるのです。だから自分《じぶん》の部屋《へや》の中《なか》だけで飼《か》えばいいのです。ちゃんと自《じ》分一人《ぶんひとり》で世話《せわ》をして、お父《とう》さん、お母《かあ》さんに迷惑《めいわく》をかけないようにすれば良《よ》いのです。そして、そのことをお父《とう》さんに話《はな》して許可《きょか》してもらおう、と思《おも》いました。いつも、ひかる君《くん》に優《やさ》しくしてくれるお父《とう》さんです。ちゃんと話《はな》せば、きっと分《わ》かってくれると思《おも》いました。

でも、もしも……。もしも許《ゆる》してくれないときは、ピーちゃんと一緒《いっしょ》に「家出《いえで》」をしよう。ひかる君《くん》は、そう決心《けっしん》しました。そのためにお小遣《こづか》いも、少《すこ》し多《おお》めに貯《た》めた方《ほう》が良《よ》いかな、と考《かんが》えたひかる君《くん》でした。それほどピーちゃんと一緒《いっしょ》に暮《く》らしたかったのです。

「一《いち》、お母《かあ》さんのハードル」のクリア方法《ほうほう》

やはり一番困《いちばんこま》ったのは、このハードルでした。お母《かあ》さんとの約束《やくそく》を破《やぶ》って、踏切《ふみきり》を越《こ》えてしまったことです。友達《ともだち》の家《いえ》に行《い》くとウソをついて、ペットショップに通《かよ》ってしまっていたことでした。まずはそのことを正直《しょうじき》にお母《かあ》さんに話《はな》して、あやまらなければなりません。それは一番《いちばん》ひかる君自身《くんじしん》が分《わ》かっていました。でも、とってもコワイです。でも、ピーちゃんと暮《く》らしたいです。でも、本当《ほんとう》にコワイです。ひかる君《くん》はどうしたらよいか、迷《まよ》ってしまいました。

①「お母《かあ》さんに正直《しょうじき》に話《はな》さず、ピーちゃんと暮《く》らすことをあきらめる」

②「お母《かあ》さんに正直《しょうじき》に話《はな》してあやまる。それからピーちゃんと暮《く》らす」

さて、皆《みな》さんならどちらを選《えら》びますか？　ひかる君《くん》もどっちが良《よ》いのか、よーく考《かんが》えました。そして、ひかる君《くん》は②を選《えら》ぶことに決《き》めたのです。

「恐《こわ》いけど……、やっぱりお母《かあ》さんに正直《しょうじき》に話《はな》そう。勇気《ゆうき》を出《だ》して、正直《しょうじき》にあやまろう。だって、ボクはどうしてもピーちゃんと一緒《いっしょ》に暮《く》らしたいんだから！」

そう決心《けっしん》した後《あと》は、なんだか少《すこ》しだけホッとしたような気持《きも》ちになったひかる君《くん》でした。

――お正月《しょうがつ》が過《す》ぎました。ひかる君《くん》は、相変《あいか》わらず内緒《ないしょ》でペットショップに通《かよ》っていました。この頃《ころ》には、心《こころ》なしかピーちゃんのお鼻《はな》の色《いろ》が「うすいモモ色《いろ》」になってきました。全身《ぜんしん》の色《いろ》も、白色《しろいろ》と水色《みずいろ》のツートンカラーがハッキリとしてきました。どうやら、ピーちゃんはメスのセキセイインコのようでした。

お年玉《としだま》をもらったひかる君《くん》は、予定通《よていどお》りピーちゃんを買《か》い取《と》るまでにお小遣《こづか》いを貯《た》めることができました。そして、もしもお父《とう》さんが許《ゆる》してくれなかった時《とき》に家出《いえで》をするために、ちょっとだけ多《おお》めにお小遣《こづか》いを貯《た》めることもできました。三《みっ》つのハードルのうち「お金《かね》のハードル」は計画通《けいかくどお》りにクリアできたのです。

ピーちゃんを買《か》い取《と》るほどのお小遣《こづか》いを貯《た》めたひかる君《くん》は、まず店長《てんちょう》さんに相談《そうだん》しました。

「店長《てんちょう》さん、ボクね、ピーちゃんを家《いえ》で飼《か》いたいんです」

急《きゅう》にそんなことを言《い》い出《だ》したひかる君《くん》に、少《すこ》しビックリした店長《てんちょう》さんは、右手《みぎて》でメガネをズリ上《あ》げながら、ひかる君《くん》に聞《き》き返《かえ》しました。

「お父《とう》さんは許《ゆる》してくれたのかい？」

「いや、まだです。これから正直《しょうじき》にインコを飼《か》いたい、と話《はな》してみようと思《おも》っているんです」

「そうだね。まずは、そこからだね。でもひかる君《くん》、万一《まんいち》お父《とう》さんが許《ゆる》してくれなくても……」

その時《とき》、ひかる君《くん》は突然《とつぜん》、大《おお》きな声《こえ》を出《だ》しました。店長《てんちょう》さんがまだ話《はな》している最中《さいちゅう》なのに、その店長《てんちょう》さんの言葉《ことば》を遮《さえぎ》って話《はな》し出《だ》したのです。

「いや、絶対説得《ぜったいせっとく》してきます！　絶対《ぜったい》に許《ゆる》してもらいます。だから、それまでピーちゃんを他《ほか》の人《ひと》に絶対《ぜったい》に渡《わた》さないでくださいね。店長《てんちょう》さん、絶対《ぜったい》ですよ！　約束《やくそく》ですよ、店長《てんちょう》さん！　必《かなら》ずお父《とう》さんを説得《せっとく》してきますから。必《かなら》ずピーちゃんを迎《むか》えに来《き》ますから……」

力強《ちからづよ》く言《い》ったかと思《おも》うと、興奮気味《こうふんぎみ》のひかる君《くん》は走《はし》ってお店《みせ》から出《で》て行《い》ってしまいました。

店長《てんちょう》さんはひかる君《くん》の言葉《ことば》の強《つよ》さに、少《すこ》しめんくらってしまいました。実《じつ》は、店長《てんちょう》さんはもう決《き》めていたのです。このピーちゃんは、すでによそのおうちでは飼《か》うことができないほど、ひかる君《くん》になついてしまっていました。ひかる君《くん》の手《て》の上《うえ》に乗《の》るのがその証拠《しょうこ》です。だからもし、ひかる君《くん》の家《いえ》で飼《か》うことができなくても、ひかる君《くん》とピーちゃんと自分《じぶん》の三人《にん》でずっとこのペットショップで楽《たの》しく過《す》ごそう、と店長《てんちょう》さんは決《き》めていたのです。それを聞《き》かずに、ひかる君《くん》は出《で》て行《い》ってしまいました。店長《てんちょう》さんは丸《まる》いメガネをズリ上《あ》げながら、チョット苦笑《にがわら》いをしていました。

ペットショップから家《いえ》にもどったひかる君《くん》は、ピーちゃんといよいよ一緒《いっしょ》に暮《く》らせるかもしれない、と思《おも》うとワクワクしてきました。ただし、まだ三《みっ》つのハードルのうち一《ひと》つしかクリアしていません。まだ二《ふた》つのハードルが残《のこ》っていました。

ひかる君《くん》は次《つぎ》のハードルにとりかかりました。まずお母《かあ》さんに本当《ほんとう》のことを話《はな》そうと思《おも》いました。正直《しょうじき》に話《はな》してあやまろうと決心《けっしん》したのです。ただし、まともに話《はな》したのでは、とてもとても許《ゆる》してもらえないだろう、とひかる君《くん》には分《わ》かっていました。それはそうでしょう！　だって、あれだけウソをついて何度《なんど》もペットショップに通《かよ》ってしまっていたのですから、ふつうは許《ゆる》してもらえるはずなどありません。どう考《かんが》えても、しかられるに決《き》まっています。

ひかる君《くん》は考《かんが》えました。どうしたらお母《かあ》さんに許《ゆる》してもらえるだろう？　ひかる君《くん》は必《ひっ》死《し》に考《かんが》えました。毎日《まいにち》、毎日考《まいにちかんが》えました。そして、とうとうひかる君《くん》は「ある作戦《さくせん》」を思《おも》いついたのです。それは一《いち》か八《ばち》かの、とっても「大胆《だいたん》な作戦《さくせん》」でした。はたして上手《うま》くいくのでしょうか？

――その作戦《さくせん》を行《おこな》う日《ひ》は、まもなくやって来《き》ました。ある朝《あさ》、学校《がっこう》に出《で》かけるときのことです。お母《かあ》さんがひかる君《くん》を呼《よ》びとめました。

「ひかる、今日《きょう》はいつものスーパーマーケットまでお買《か》い物《もの》に行《い》きましょうね。学校《がっこう》が終《お》わったら寄《よ》り道《みち》しないで帰《かえ》ってきてね」

「ウン、分《わ》かったよ。行《い》ってきます」

ひかる君《くん》は心《こころ》の中《なか》で叫《さけ》びました。

「しめた！　今日《きょう》こそ作戦決行《さくせんけっこう》だ」

学校《がっこう》が終《お》わると一目散《いちもくさん》に家《いえ》に帰《かえ》ってきたひかる君《くん》。いつものようにお母《かあ》さんと車《くるま》に乗《の》って、スーパーマーケットまで買《か》い物《もの》にでかけました。いつも通《どお》りスーパーマーケットの広《ひろ》い駐車場《ちゅうしゃじょう》に車《くるま》をとめて、一通《ひととお》りのお買《か》い物《もの》を済《す》ませました。

さて、いよいよここからがひかる君《くん》の「大胆《だいたん》な作戦《さくせん》」の始《はじ》まりでした。買《か》い物《もの》が終《お》わって「さあ、帰《かえ》ろう」という時《とき》のことです。ひかる君《くん》が、なかなか車《くるま》に乗《の》ろうとしません。お母《かあ》さんはひかる君《くん》に注意《ちゅうい》をしました。

「ひかる、帰《かえ》るわよ。早《はや》く車《くるま》に乗《の》りなさい」

車《くるま》に乗《の》らずにモジモジしていたひかる君《くん》は、いきなり大《おお》きな声《こえ》を出《だ》しました。

「お母《かあ》さん、ちょっと、よりたいところがあるんだ。一緒《いっしょ》についてきて！」

そして突然《とつぜん》、ひかる君《くん》はペットショップに向《む》かって、まっしぐらに走《はし》り始《はじ》めたのです。スーパーマーケットの駐車場《ちゅうしゃじょう》からペットショップまでは、走《はし》ればすぐのところにありました。

「ひかる、どこ行《い》くの？　チョット待《ま》ちなさい！」

ビックリしたのはお母《かあ》さんの方《ほう》です。車《くるま》をスーパーマーケットの駐車場《ちゅうしゃじょう》にとめたまま、慌《あわ》ててひかる君《くん》の後《あと》を走《はし》って追《お》いかけました。先《さき》にペットショップについたひかる君《くん》は、お母《かあ》さんがうしろから走《はし》ってくるのを入《い》り口《ぐち》で待《ま》っていました。お母《かあ》さんが到着《とうちゃく》したところで、ひかる君《くん》はまた大《おお》きな声《こえ》を出《だ》しました。

「お母《かあ》さん、ゴメンなさい！　ボクね、欲《ほ》しいものがあるんだ」

ひかる君《くん》は強引《ごういん》にお母《かあ》さんの手《て》を引《ひ》いて、お店《みせ》の中《なか》に入《はい》りました。そして無理《むり》やり引《ひ》っ張《ぱ》ってピーちゃんのいる鳥《とり》かごの前《まえ》まで進《すす》んで行《い》ったのです。普段《ふだん》と全《まった》く違《ちが》うひかる君《くん》のその姿《すがた》に、ただただ驚《おどろ》いて手《て》を引《ひ》かれるしかないお母《かあ》さんでした。

そして驚《おどろ》いたのは、店《みせ》の奥《おく》にいた店長《てんちょう》さんも同《おな》じでした。いつもと様子《ようす》の違《ちが》うひかる君《くん》がお母《かあ》さんらしき人《ひと》の手《て》を引《ひ》いて、まっしぐらにピーちゃんの方《ほう》に向《む》かって進《すす》んで行《い》くではありませんか。店長《てんちょう》さんも初《はじ》めはポカンと口《くち》を開《あ》けて眺《なが》めているだけでした。が、やっと我《われ》に返《かえ》った店長《てんちょう》さんは、ひかる君達《くんたち》の方《ほう》に向《む》かって歩《ある》き始《はじ》めました。

でも、店《みせ》の奥《おく》から近寄《ちかよ》ってくる店長《てんちょう》さんの姿《すがた》など、興奮《こうふん》したひかる君《くん》の目《め》に入《はい》るはずもありません。ピーちゃんの前《まえ》に到着《とうちゃく》したひかる君《くん》は、お母《かあ》さんの方《ほう》を振《ふ》り返《かえ》りました。そして勇気《ゆうき》を出《だ》して、お母《かあ》さんに話《はな》しはじめました。鳥《とり》かごの中《なか》のピーちゃんがキョトンと見《み》つめていました。

「お母《かあ》さん、ゴメンナサイ！　ボクはお母《かあ》さんとの約束《やくそく》を破《やぶ》って踏切《ふみきり》を越《こ》え、このピーちゃんに会《あ》いに来《き》ていたんだ。ゴメンナサイ！　お母《かあ》さんに友達《ともだち》の家《いえ》に行《い》くと、ウソをついていたんだ。ゴメンナサイ！　でも、どうしても我慢《がまん》できなかったんだ。どうしてもこのピーちゃんが見《み》たかったんだ。どうしてもピーちゃんに会《あ》いたかったんだ。どうしてもピーちゃんがほしかったんだ。お小遣《こづか》いを貯《た》めたのでボクがお金《かね》を出《だ》してピーちゃんを買《か》います。ピーちゃんの世話《せわ》はボクがしっかりします。動物嫌《どうぶつぎら》いのお父《とう》さんにも迷惑《めいわく》はかけません。これからはウソもつきません。お手伝《てつだ》いもちゃんとします。ボクはピーちゃんを家《いえ》で飼《か》いたいんだ！　お願《ねが》いです！　許《ゆる》してください！　お願《ねが》いです。お母《かあ》さん、お願《ねが》いです……」

ひかる君《くん》は声《こえ》を震《ふる》わせながら、一生懸命《いっしょうけんめい》にお母《かあ》さんにあやまりました。そして一生懸《いっしょうけん》命《めい》、お母《かあ》さんにお願《ねが》いしました。最後《さいご》の方《ほう》は興奮《こうふん》と緊張《きんちょう》から、涙声《なみだごえ》になっていたひかる君《くん》でした。

あまりの突然《とつぜん》の出来事《できごと》に、お母《かあ》さんはビックリして、まだたったの一言《ひとこと》も話《はなし》をしていません。ただただ目《め》を丸《まる》くしたまま、全《まった》く動《うご》くことができませんでした。

それはそうでしょう！　だって、一番《いちばん》ビックリしたのはお母《かあ》さんの方《ほう》だったのですから。まさか、ひかる君《くん》がお母《かあ》さんとの約束《やくそく》をやぶっていたなんて！　ウソをついていたなんて！　お母《かあ》さんのショックはかくしきれません。お母《かあ》さんは、それを聞《き》いただけで頭《あたま》に血《ち》がのぼってしまいました。その時《とき》のお母《かあ》さんの怒《おこ》った顔《かお》といったら、まるで「赤《あか》オニ」そのもの、イヤそれ以上《いじょう》に恐《こわ》い顔《かお》だったのは言《い》うまでもありません。少《すく》なくとも、みなさんの想像《そうぞう》をはるかにこえるほどだったことは、間違《まちが》いないでしょう。

そして、そのひかる君《くん》とお母《かあ》さんの姿《すがた》を後《うし》ろから見《み》ていた店長《てんちょう》さんは、はじめて知《し》ったのでした。実《じつ》は、ひかる君《くん》がおうちの人《ひと》に内緒《ないしょ》でこのペットショップに来《き》ていたことを。まだお父《とう》さんとお母《かあ》さんに、何《なに》も話《はな》していなかったことを。そしてピーちゃんと暮《く》らしたいために、勇気《ゆうき》を出《だ》してお母《かあ》さんを連《つ》れてきたことを。勇気《ゆうき》を振《ふ》り絞《しぼ》ってお母《かあ》さんに謝《あやま》っていることを。

そのひかる君《くん》の必死《ひっし》の姿《すがた》を見《み》た店長《てんちょう》さんは、本当《ほんとう》のひかる君《くん》を初《はじ》めて知《し》ったのでした。店長《てんちょう》さんは、ひかる君《くん》の味方《みかた》をしたいと思《おも》ったのです。そして店長《てんちょう》さんは、とっさに二人《ふたり》のうしろから声《こえ》をかけました。

「ひかる君《くん》、良《よ》かったねえ！　お母《かあ》さんが許《ゆる》してくれたんだねえ。本当《ほんとう》に良《よ》かったねえ……」

もちろん、まだお母《かあ》さんが許《ゆる》してくれたわけではありません。でも店長《てんちょう》さんは、わざとそう話《はな》しかけながら、二人《ふたり》の後《うし》ろから近《ちか》づいたのです。すると、お母《かあ》さんが顔《かお》を引《ひ》きつらせながら振《ふ》り返《かえ》りました。

「ひかる君《くん》のお母《かあ》さんですか。はじめまして、このショップの店長《てんちょう》です」

と言《い》われても、頭《あたま》に血《ち》が上《のぼ》ってカンカンに怒《おこ》っているお母《かあ》さんは、声《こえ》も出《で》ませんでした。そんなお母《かあ》さんの顔色《かおいろ》を見《み》ながら、店長《てんちょう》さんは、またわざと大《おお》げさに言《い》うのでした。

「よかったねえ、ひかる君《くん》。やっとお母《かあ》さんが許《ゆる》してくれたんでしょう？　お母《かあ》さん、ひかる君《くん》とピーちゃんはですね……」

店長《てんちょう》さんは、わざとお母《かあ》さんに返事《へんじ》をする間《ま》も与《あた》えずに、次々《つぎつぎ》と話《はな》しかけました。大《おお》げさに、身振《みぶ》り手振《てぶ》りを交《まじ》えながら、ひかる君《くん》がずっとこのペットショップに通《かよ》い続《つづ》けていたことを説明《せつめい》しました。そして笑顔《えがお》を作《つく》りながら、ピーちゃんが、どれだけひかる君《くん》になついているかをお母《かあ》さんに話《はな》して聞《き》かせました。何度《なんど》も何度《なんど》も丸《まる》いメガネをズリ上《あ》げながら、ひかる君《くん》のピーちゃんへのおもいをお母《かあ》さんに説明《せつめい》したのです。店長《てんちょう》さんのおでこからは、大粒《おおつぶ》の汗《あせ》が流《なが》れていました。店長《てんちょう》さんは、セキセイインコは非常《ひじょう》に飼《か》いやすい小鳥《ことり》で、とっても人《ひと》になつきやすいペットであることを話《はな》しました。動物嫌《どうぶつぎら》いであっても鳥《とり》かごの中《なか》で飼《か》えば、じゅうぶん一緒《いっしょ》に暮《く》らしていけることをお母《かあ》さんに説明《せつめい》したのです。ビックリして、かたまったまま、なにも言葉《ことば》の出《で》ないひかる君《くん》のお母《かあ》さんに返事《へんじ》をする間《ま》も与《あた》えず、店長《てんちょう》さんは汗《あせ》だくになりながら、ずっと話《はな》し続《つづ》けたのです。

最後《さいご》に店長《てんちょう》さんは、おでこの汗《あせ》を洋服《ようふく》の袖《そで》で一拭《ひとふ》きしました。そしてピーちゃんを自分《じぶん》の指《ゆび》に乗《の》せ、鳥《とり》かごから取《と》り出《だ》しました。

「お母《かあ》さん、セキセイインコは、大人《おとな》になってから飼《か》ったのでは決《けっ》して人間《にんげん》の手《て》には乗《の》りません。幼《おさな》いヒナの時《とき》から慣《な》れ親《した》しんだ人《ひと》の手《て》の上《うえ》でないと乗《の》らないんですよ。いいですか、見《み》ていてください」

店長《てんちょう》さんは、ピーちゃんの乗《の》った自分《じぶん》の右手《みぎて》を、ひかる君《くん》の方《ほう》に近《ちか》づけました。ひかる君《くん》はそれにこたえるように、自分《じぶん》の右手《みぎて》をそっとピーちゃんに近《ちか》づけました。すると、どうでしょう！　ピーちゃんがちょこんと、ひかる君《くん》の手《て》に飛《と》び乗《の》ったではありませんか！

「ピピピピピ――！　ぴっ、ぴっ、ピー！」

　さらにピーちゃんはかわいらしい声《こえ》を上《あ》げながら、ひかる君《くん》の指《ゆび》から腕《うで》を伝《つた》って、ひかる君《くん》の肩《かた》にちょこんと飛《と》び乗《の》りました。そして自分《じぶん》の頬《ほお》をひかる君《くん》のホッペにこするように、甘《あま》えだしたのです。

　まるで、「私《わたし》もひかる君《くん》と一緒《いっしょ》に暮《く》らしたいんです。お母《かあ》さん、お願《ねが》いです。許《ゆる》して下《くだ》さい」と言《い》っているようでした。きっとピーちゃんもひかる君《くん》と暮《く》らしたいのだな、と感《かん》じた店長《てんちょう》さんは、とても心強《こころづよ》くなりました。

「どうですか、お母《かあ》さん？　このピーちゃん、カワイイでしょう？　インコは、いや動物《どうぶつ》は皆《みな》、本当《ほんとう》に信頼《しんらい》している人《ひと》でなければ、こんなに甘《あま》えたりしないんですよ。こうやって肩《かた》まで乗《の》るなんて、それほど信頼《しんらい》しているって証拠《しょうこ》なんです。見《み》てください、お母《かあ》さん。このピーちゃん、幼《おさな》い頃《ころ》から見《み》ているひかる君《くん》を親《おや》とも、兄弟《きょうだい》とも、親友《しんゆう》とも、そしてチョット早《はや》いけど恋人《こいびと》とも思《おも》っているんじゃないでしょうかね？　お母《かあ》さんもカワイイと思《おも》うでしょう？　良《よ》かったねえ、ひかる君《くん》、お母《かあ》さんが許《ゆる》してくれて。本当《ほんとう》に良《よ》かったねえ……」

　店長《てんちょう》さんは、わざと大《おお》きな声《こえ》で笑《わら》いました。お母《かあ》さんは、まだたったの一言《ひとこと》もしゃべっていません。かたまったまま身動《みうご》きもせず、店長《てんちょう》さんの話《はなし》を聞《き》いているだけでした。

　それはそうでしょう！　だって、一番《いちばん》ビックリしたのはお母《かあ》さんの方《ほう》だったのですから。イヤ、ひかる君《くん》のウソが、お母《かあ》さんにとってどれほどショックだったことか、考《かんが》えてみてください。お母《かあ》さんは、初《はじ》めはカンカンに怒《おこ》っていました。さらに、それを通《とお》り越《こ》して悲《かな》しくなったに違《ちが》いありません。

でも、はじめて会《あ》う店長《てんちょう》さんを目《め》の前《まえ》にして、ひかる君《くん》をしかるわけにもいかないお母《かあ》さんでした。しかも店長《てんちょう》さんの話《はなし》によると、店長《てんちょう》さんがずっとひかる君《くん》のめんどうをみてくれていたことになります。さらには、ピーちゃんがひかる君《くん》になれすぎてしまった。だからほかの人《ひと》はすでに飼《か》い主《ぬし》になれない、ということもお母《かあ》さんには理解《りかい》できたようです。

お母《かあ》さんは、本当《ほんとう》はひかる君《くん》を怒《おこ》りたかったのですが、その場《ば》はなんとかグッとこらえました。そして目《め》をつぶり、うつむきかげんに静《しず》かにゆっくりと、周《まわ》りの人《ひと》には分《わ》からないくらいの小《ちい》さな深呼吸《しんこきゅう》をひとつしました。

「フゥー」

そして目《め》をつぶったまま両手《りょうて》をおでこに当《あ》て、顔《かお》を隠《かく》すようにしたお母《かあ》さんは、まず、ひかる君《くん》の気持《きも》ちを考《かんが》えました。ウソは確《たし》かに悪《わる》いことです。でも、ひかる君《くん》がウソを正直《しょうじき》に告白《こくはく》して、反省《はんせい》している。そして、勇気《ゆうき》を出《だ》して一歩《いっぽ》を踏《ふ》み出《だ》そうとしている。お母《かあ》さんは、そのひかる君《くん》の真剣《しんけん》な気持《きも》ちを考《かんが》えたのです。

お母《かあ》さんは、長《なが》めの髪《かみ》を両手《りょうて》でかき上《あ》げながら息《いき》を整《ととの》えました。それから静《しず》かに顔《かお》を上《あ》げ、ゆっくりと目《め》を開《ひら》いたお母《かあ》さんは、やっと初《はじ》めて口《くち》を開《ひら》きました。

「そうでしたか……。うちの子《こ》が何度《なんど》もおじゃまをしていたようでもうしわけありませんでした。また、めんどうをみていただいたようで本当《ほんとう》にありがとうございました。私《わたし》は、はずかしながら、ひかるがここに来《き》ていることをまったく知《し》りませんでした。ひかるは、ふだんはけっしてウソをつくような子《こ》ではありません。それだけに信《しん》じておりました。そのひかるがウソをついてまで、ピーちゃんと暮《く》らしたいと言《い》っているのですから……」

最後《さいご》の方《ほう》はお母《かあ》さんも言葉《ことば》につまっていました。その目《め》は涙《なみだ》でぬれているようにも見《み》えました。

「私《わたし》は、このひかるを信《しん》じております。きっとピーちゃんと仲良《なかよ》く暮《く》らせると思《おも》います。今日《きょう》のところは家《いえ》に帰《かえ》って主人《しゅじん》と相談《そうだん》してきます。改《あらた》めまして御礼《おれい》に伺《うかが》いますので……」

丁寧《ていねい》に頭《あたま》を下《さ》げたお母《かあ》さんの顔《かお》は、いつものやさしいお母《かあ》さんの顔《かお》に戻《もど》っていました。

そうです。店長《てんちょう》さんの話《はなし》を聞《き》き、ひかる君《くん》の姿《すがた》を目《ま》の当《あ》たりにしたお母《かあ》さんは、全《すべ》てを許《ゆる》してくれたのです。すべてを理解《りかい》してくれたのです。お母《かあ》さんは、ひかる君《くん》おもいの優《やさ》しい優《やさ》しいお母《かあ》さんでした。

ひかる君《くん》はお母《かあ》さんと店長《てんちょう》さんの話《はなし》を、横《よこ》で下《した》を向《む》いたまま身動《みうご》きせずに、ずっと聞《き》いていました。ひかる君《くん》のために、必死《ひっし》にお母《かあ》さんを説得《せっとく》している店長《てんちょう》さんを、とてもたのもしくおもいました。ありがとう、店長《てんちょう》さん……。

そして、怒《おこ》ることもせず全《すべ》てをゆるしてくれたお母《かあ》さんの姿《すがた》を、ひかる君《くん》は見《み》ることができませんでした。ただただ、下《した》を向《む》いておおつぶの涙《なみだ》をこぼすだけでした。お母《かあ》さん、本当《ほんとう》に本当《ほんとう》にありがとう……。

そのひかる君《くん》の肩《かた》の上《うえ》で、ピーちゃんもホッとしたように目《め》をぱちくりさせていました。

――ペットショップを出《で》て、家《いえ》に帰《かえ》る車《くるま》の中《なか》で、お母《かあ》さんはひかる君《くん》に尋《たず》ねました。

「ひかる、どうして早《はや》く言《い》ってくれなかったの？」

「ゴ、ゴメンナサイ」

ひかる君《くん》は小《ちい》さな声《こえ》でつぶやくのが、やっとでした。

「お母《かあ》さん、とっても悲《かな》しかったな。なんでもっと早《はや》く正直《しょうじき》に話《はな》してくれなかったのか……」

「ゴ、ゴメンナサイ、お母《かあ》さん」

その寂《さび》しそうなお母《かあ》さんの横顔《よこがお》を見《み》たひかる君《くん》は、自分《じぶん》も悲《かな》しくなってしまいました。

そしてひかる君《くん》は、その時《とき》、初《はじ》めて気《き》がついたのです。「ウソは、みんなを悲《かな》しませてしまう」という事《こと》を。「ウソをつくと、自分《じぶん》も周《まわ》りの人《ひと》も、みんなが悲《かな》しい気持《きも》ちになってしまう」と、初《はじ》めて分《わ》かったひかる君《くん》でした。そして、ウソをついたことを心《こころ》から反省《はんせい》しました。ひかる君《くん》は、もう一度《いちど》お母《かあ》さんにあやまりました。

「ボクが、悪《わる》かったんだ。もっと早《はや》く、正直《しょうじき》に話《はな》していれば……。ゴメンナサイ、お母《かあ》さん」

「そうね、ひかる。お母《かあ》さんはね、ひかるのことが大好《だいす》きなのよ。ひかるが、どうしてもやりたいことがあれば、応援《おうえん》するに決《き》まっているじゃないの」

ひかる君《くん》は言葉《ことば》もなく頷《うなず》くのが精一杯《せいいっぱい》でした。

「そうね、ウソはやっぱり良《よ》くないわね。ひかる、ウソをついて、どんな気持《きも》ちだった？」

ひかる君《くん》は正直《しょうじき》にこたえました。

「とっても嫌《いや》な気持《きも》ちだった。いつもビクビクしていた。ウソがバレないかといつもヒヤヒヤしていたんだ。でも時間《じかん》がたつと、ビクビクとヒヤヒヤが小《ちい》さくなっていくんだ。だから、またウソをついちゃうんだ。ウソはいけないことだ、と自分《じぶん》でも分《わ》かっていたんだけど……。でも、それを正直《しょうじき》に話《はな》す勇気《ゆうき》がなかったんだ。本当《ほんとう》にゴメンナサイ、お母《かあ》さん」

「そうだね、ウソをつくと本当《ほんとう》にくるしいよね。それを正直《しょうじき》に話《はな》すには、とっても勇気《ゆうき》がいるよね。ひかるはウソをついたので、それは悪《わる》いことだったよね。でもお母《かあ》さんは、それ以上《いじょう》に嬉《うれ》しいの。だってウソをついてしまったことを、ひかるは今《いま》、正直《しょうじき》にお母《かあ》さんに話《はな》してくれたでしょ。お母《かあ》さんは、そのひかるの勇気《ゆうき》が何《なに》よりも嬉《うれ》しいのよ。ありがとうね、ひかる。正直《しょうじき》に話《はな》してくれて」

車《くるま》の中《なか》でお母《かあ》さんにしかられるかな、と思《おも》っていたひかる君《くん》でした。でも、まさかお母《かあ》さんに「ありがとう」といわれて、ひかる君《くん》は涙《なみだ》がとまりませんでした。

「ひかる、ウソをつくとビクビクしたでしょ。でも今《いま》、正直《しょうじき》に話《はな》したあとは、どんな気《き》持《も》ちになった？」

お母《かあ》さんに質問《しつもん》されたひかる君《くん》は、その時《とき》「ハッ！」としました。

「なんだかホッとした」

「そうでしょ！」

二人《ふたり》の笑《わら》い声《ごえ》が車《くるま》の中《なか》にひびきました。ひかる君《くん》は、もう一《ひと》つ大切《たいせつ》なことに気《き》がついたようです。

「本当《ほんとう》のことを話《はな》すには勇気《ゆうき》がいる。でも勇気《ゆうき》を出《だ》して正直《しょうじき》に話《はな》すと、とっても嬉《うれ》しい気持《きも》ちになる」

ひかる君《くん》は、やっとそのことが分《わ》かったのでした。

いろいろありましたが、三《みっ》つのハードルのうち、一番《いちばん》むずかしいと思《おも》っていた「お母《かあ》さんのハードル」は、みごとにクリアできたのです。一番高《いちばんたか》いハードルを突破《とっぱ》できたのです。残《のこ》るハードルはあと一《ひと》つ「お父《とう》さんのハードル」だけです。


――その日《ひ》の夜《よる》、ひかる君《くん》はお父《とう》さんが仕事《しごと》から帰《かえ》って来《く》るのを、今《いま》か今《いま》かと待《ま》っていました。

ピンポーン、ピンポーン……

やっと玄関《げんかん》のチャイムの音《おと》がしました。いきおいよく、ひかる君《くん》がお父《とう》さんを出迎《でむか》えました。

「お父《とう》さん、お帰《かえ》りなさい！」

「ただいま、ひかる。どうしんたんだい？　あわてて」

「あのー、そのー」

モジモジするひかる君《くん》のうしろから、お母《かあ》さんがニコニコしながら出《で》てきました。

「お父《とう》さん、お帰《かえ》りなさい！　じつはねえ、今日《きょう》は大変《たいへん》だったのよ……」

晩《ばん》ご飯《はん》を食《た》べながら、三人《にん》は今日《きょう》の出来事《できごと》を話《はな》しました。

「そうだったのかい！　それならもっと早《はや》くお父《とう》さんに相談《そうだん》すればよかったのに」

はじめは驚《おどろ》いて聞《き》いていたお父《とう》さんも、お母《かあ》さんと同《おな》じことを言《い》うのでした。

「ひかる、ウソはいけなかったね。もっと早《はや》く、本当《ほんとう》のことを話《はな》せば良《よ》かったのに……」

その時《とき》のお父《とう》さんの顔《かお》も、やはり悲《かな》しそうでした。それを見《み》たひかる君《くん》は、思《おも》いました。

「やっぱりウソをつくと、みんなが悲《かな》しくなるんだ」と。そして、お父《とう》さんに謝《あやま》りました。

「ゴ、ゴメンナサイ、お父《とう》さん」

「そう、ウソはいけなかったな、ひかる。でも、それを正直《しょうじき》に話《はな》してくれたことは、とってもイイことだよ。お父《とう》さん、とっても嬉《うれ》しいぞ！」

お父《とう》さんの顔《かお》が笑顔《えがお》になりました。そして、その大《おお》きな手《て》が優《やさ》しくひかる君《くん》のサラサラ髪《かみ》の頭《あたま》をなでてくれました。ひかる君《くん》は思《おも》いました。「やっぱり、正直《しょうじき》に話《はな》すのは勇気《ゆうき》がいるけど、本当《ほんとう》のことを話《はな》した方《ほう》がみんなが笑顔《えがお》になるんだ」と改《あらた》めて感《かん》じたひかる君《くん》でした。

「それであの～、その～、エッと結局《けっきょく》ボクはピーちゃんを飼《か》ってても良《よ》いのかなあ？」

「もちろんだとも。そのかわり、一《ひと》つ約束《やくそく》をしてくれるかい？」

「なあに？」

「これからもし、困《こま》ったことや、話《はな》しづらいことがあっても、勇気《ゆうき》を出《だ》してお父《とう》さんとお母《かあ》さんに、必《かなら》ず相談《そうだん》してくれるかい？」

「分《わ》かったよ、お父《とう》さん。約束《やくそく》するよ！」

もちろん元気《げんき》にこたえたひかる君《くん》でした。これからひかる君《くん》は、どんなに話《はな》しづらいことがあっても、きっと勇気《ゆうき》を出《だ》して、正直《しょうじき》にお父《とう》さんとお母《かあ》さんに相談《そうだん》することでしょう。だって、ほんの少《すこ》し勇気《ゆうき》を出《だ》すだけで、みんなが笑顔《えがお》になると分《わ》かったのですから。

お父《とう》さんは笑顔《えがお》で、またひかる君《くん》の頭《あたま》をなでました。そしてピーちゃんを飼《か》うことをゆるしてくれたのです。

「しっかりめんどうみるんだよ。お父《とう》さんは、チョットだけ苦手《にがて》だからね、動物《どうぶつ》は」

「もちろん、自分《じぶん》でめんどうみるよ」

「よし！　じゃあ、ひかる、次《つぎ》の日曜日《にちようび》、みんなでピーちゃんを迎《むか》えに行《い》こう」

「ホント、お父《とう》さん？」

「ああ、本当《ほんとう》さ」

「ありがとう。お父《とう》さん、大好《だいす》き！」

「お父《とう》さんもひかるが大好《だいす》きだ！」

だきあって喜《よろこ》ぶひかる君《くん》とお父《とう》さんの横《よこ》で、お母《かあ》さんも嬉《うれ》しそうに笑《わら》っていました。結《けっ》局《きょく》、ひかる君《くん》は「三《みっ》つのハードル」を全部《ぜんぶ》みごとにクリアしたのでした。

――次《つぎ》の日曜日《にちようび》はさわやかに晴《は》れ渡《わた》り、気持《きも》ちの良《よ》い青空《あおぞら》が広《ひろ》がっていました。ひかる君《くん》はお父《とう》さん、お母《かあ》さんと三人《さんにん》でピーちゃんを迎《むか》えに行《い》きました。

そして……、ペットショップから出《で》てきたひかる君《くん》の手《て》には、ピーちゃんの入《はい》った鳥《とり》かごがしっかりと握《にぎ》られていたのです。お父《とう》さんとお母《かあ》さんが入《い》り口《ぐち》で店長《てんちょう》さんに深々《ふかぶか》と頭《あたま》を下《さ》げながら御礼《おれい》をしていました。

「この度《たび》は、ひかるが本当《ほんとう》にお世話《せわ》になりました」

「店長《てんちょう》さん、本当《ほんとう》にありがとうございました。これからもひかるとピーちゃんをよろしくお願《ねが》いします」

「いえいえ、私《わたし》の方《ほう》こそ、ひかる君《くん》と楽《たの》しくすごさせていただいて本当《ほんとう》にありがとうございました。ひかる君《くん》、いつでも遊《あそ》びに来《き》ておくれよ」

「もちろんだよ、店長《てんちょう》さん。ピーちゃんの様子《ようす》を知《し》らせに来《く》るからね」

「ああ、楽《たの》しみにしているよ、ひかる君《くん》」

「ピッ、ピピッー！」

ピーちゃんも嬉《うれ》しそうに声《こえ》を上《あ》げていました。それは、お世話《せわ》になった店長《てんちょう》さんに「ありがとうございました」と御礼《おれい》を言《い》っていたのかもしれません。同時《どうじ》に、新《あたら》しく家族《かぞく》になる三人《にん》に「よろしくお願《ねが》いします」と言《い》っていたのかもしれません。

ペットショップの前《まえ》で店長《てんちょう》さんに丁寧《ていねい》に挨拶《あいさつ》をした三人家族《さんにんかぞく》、いやピーちゃんを加《くわ》えた新《あたら》しい四人家族《よにんかぞく》は、車《くるま》をとめてあるスーパーマーケットの駐車場《ちゅうしゃじょう》に向《む》かいました。しばらく進《すす》んで、ふと後《うし》ろを振《ふ》り返《かえ》ったひかる君《くん》。店長《てんちょう》さんがまだ入《い》り口《ぐち》で大《おお》きく手《て》を振《ふ》ってくれていました。そして、その店長《てんちょう》さんの右手《みぎて》が、お空《そら》にむけてピタリと止《と》まりました。すると、その右手《みぎて》の人差《ひとさ》し指《ゆび》が、お空《そら》に向《む》かって高々《たかだか》とのびたではありませんか！

「一番《いちばん》……」

思《おも》わず笑顔《えがお》がこぼれるひかる君《くん》でした。ひかる君《くん》も、店長《てんちょう》さんに向《む》かって大《おお》きく手《て》を振《ふ》ってこたえました。そして、ひかる君《くん》も店長《てんちょう》さんと同《おな》じように、空高《そらたか》く人差《ひとさ》し指《ゆび》をのばしたのです。

「一番《いちばん》……。あなたのことが一番大切《いちばんたいせつ》です」

そうです。「一番《いちばん》……」の意味《いみ》は、ひかる君《くん》と店長《てんちょう》さん、そしてピーちゃんだけが知《し》っている秘密《ひみつ》の合《あ》い言葉《ことば》なのです。

そのひかる君《くん》の人差《ひとさ》し指《ゆび》は、まるで真《ま》っ青《さお》なお空《そら》に吸《す》い込《こ》まれる様《よう》に高々《たかだか》とのびていました。

新《あたら》しい四人家族《よにんかぞく》はもう一度《いちど》、後《うし》ろを振《ふ》り返《かえ》って深々《ふかぶか》と店長《てんちょう》さんに頭《あたま》を下《さ》げました。店《てん》長《ちょう》さんも、もう一度《いちど》深々《ふかぶか》と頭《あたま》を下《さ》げていました。

「ぴぴぴー、ピッ、ピピッー！」

ピーちゃんも嬉《うれ》しそうに声《こえ》を上《あ》げていました。

おばあちゃんのぞうきん

—キィーン
真《ま》っ青《さお》な空《そら》に、いくつもの飛行機《ひこうき》が吸《す》い込《こ》まれていく。

—グヮーン
真《ま》っ白《しろ》な雲《くも》から、いくつのも飛行機《ひこうき》が飛《と》び出《だ》してくる。

キクノはたくさんの飛行機《ひこうき》であふれる東京《とうきょう》の空港《くうこう》にいた。夏休《なつやす》み、お兄《にい》ちゃんと二人《ふたり》だけで田舎《いなか》のおばあちゃんの家《いえ》に行《い》くためだ。お母《かあ》さんのお母《かあ》さんの家《いえ》だ。夏休《なつやす》みは子供《こども》たち二人《ふたり》だけでおばあちゃんの家《いえ》に行《い》くのが、キクノのおうちでは毎年《まいとし》の恒例《こうれい》になっていた。

東京《とうきょう》の空港《くうこう》までは、お父《とう》さんとお母《かあ》さんに車《くるま》で送《おく》ってもらった。

「おばあちゃんの言《い》うことを良《よ》くきいて、おりこうさんにしてね」

お母《かあ》さんは、ちょっと心配《しんぱい》そうな顔《かお》だった。

「大丈夫《だいじょうぶ》だよ！　毎年《まいとし》のことだから」

お兄《にい》ちゃんのヒロシが、ちょっと大人《おとな》ぶってみせた。

「お盆休《ぼんやす》みになったらお父《とう》さん達《たち》も迎《むか》えに行《い》くからね！　兄妹《きょうだい》ゲンカばかりしないでく

れよ」

お父《とう》さんも、ちょっと心配《しんぱい》そうに笑顔《えがお》をつくった。

「大丈夫《だいじょうぶ》よ！　毎日《まいにち》のことだから」

キクノは、ただ、お兄《にい》ちゃんのマネをしたのだけれど、お父《とう》さんとお母《かあ》さんは顔《かお》を見合《みあ》わせて大笑《おおわら》いしていた。

空港《くうこう》からは、子供《こども》だけで飛行機《ひこうき》に乗《の》ることができた。「ちびっこ一人旅《ひとりたび》」と呼《よ》ばれるシステムがあるからだ。とってもきれいなキャビンアテンダントのお姉《ねえ》さんが空港《くうこう》から飛行《ひこう》機《き》の中《なか》、そして到着先《とうちゃくさき》の空港《くうこう》までずっと付《つ》き添《そ》いをしてくれた。

「あちらの空港《くうこう》まで一緒《いっしょ》にお手伝《てつだ》いさせていただきます。よろしくね！」

お姉《ねえ》さんは、キクノ達兄妹二人《たちきょうだいふたり》の胸《むね》に「ちびっこパイロット」と書《か》かれたワッペンを貼《は》ってくれた。そして飛行機《ひこうき》に乗《の》るまでずっとキクノと手《て》をつないでくれた。ヒロシお兄《にい》ちゃんはちょっと照《て》れくさそうに、その横《よこ》について歩《ある》いた。

飛行機《ひこうき》の中《なか》では、兄妹二人《きょうだいふたり》は並《なら》んで座《すわ》った。お兄《にい》ちゃんは窓側《まどがわ》の席《せき》だったからお外《そと》がよく見《み》えたみたいだ。キクノも首《くび》を伸《の》ばして見《み》せてもらった。真《ま》っ青《さお》なお空《そら》と真《ま》っ白《しろ》な雲《くも》が、何《なん》だかとってもとっても大《おお》きく見《み》える。それに比《くら》べて、おうちやビルや道路《どうろ》や車《くるま》が、おもちゃのように小《ちい》さく見《み》える。いつもは自分《じぶん》たちがそんなちっちゃなところで暮《く》らしているとと思うと、何《なん》だかとっても不思議《ふしぎ》な感《かん》じがした。

途中《とちゅう》、キャビンアテンダントのお姉《ねえ》さんはお菓子《かし》やジュースを出《だ》してくれた。お兄《にい》ちゃんは慌《あわ》ててジュースを飲《の》んだので、テーブルの上《うえ》にちょっとこぼしてしまった。すぐにお姉《ねえ》さんがとんできて、きれいに拭《ふ》いてくれた。

「お兄《にい》ちゃん、大丈夫《だいじょうぶ》？」

「ゴ、ゴメンナサイ……」

「いいのよ。飛行機《ひこうき》は揺《ゆ》れるから、気《き》をつけてね」

お姉《ねえ》さんは優《やさ》しい笑顔《えがお》で「ミドリ色《いろ》のタオル」を渡《わた》してくれた。そのタオルには飛行機《ひこうき》の絵《え》が描《か》かれていた。

「お兄《にい》ちゃん、服《ふく》はぬれなかった？　これはこの飛行機《ひこうき》のオリジナルタオルなの。どうぞ」

「あ、ありがとう……」

お兄《にい》ちゃんはどこもぬれていなかったけれど、お姉《ねえ》さんが念《ねん》のためタオルをくれたのだ。カッコいいミドリ色《いろ》のタオルをもらったお兄《にい》ちゃんは、嬉《うれ》しそうに顔《かお》を赤《あか》くした。

「ハイ！　おねえちゃんも、どうぞ」

「ありがとう！」

キャビンアテンダントのお姉《ねえ》さんは、キクノにもタオルをくれた。同《おな》じ「飛行機《ひこうき》の絵《え》が描《か》かれた黄色《きいろ》のタオル」だ。お兄《にい》ちゃんとおそろいで色違《いろちが》いのタオルだった。キクノはニッコリとほほえんだ。その左右《さゆう》の「ほお」にはポツンと、かわいらしい「えくぼ」ができていた。

兄妹二人《きょうだいふたり》は結局《けっきょく》、飛行機《ひこうき》にちょうど一時間半《いちじかんはん》のっていた。飛行機《ひこうき》を降《お》りる時《とき》、お姉《ねえ》さんはお土産《みやげ》までくれた。カゴの中《なか》には、いろいろな飛行機《ひこうき》のオリジナルグッズが入《はい》っていた。

「この中《なか》から好《す》きなものを、お一《ひと》つどうぞ」

「ありがとう。えっと、わたしはコレ」

キクノはその中《なか》から「おえかきセット」を選《えら》んだ。お兄《にい》ちゃんは散々悩《さんざんなや》んだあげく、やっと「飛行機《ひこうき》のプラモデル」を選《えら》んだ。

――田舎《いなか》の空港《くうこう》には、ヨシハルおじちゃんと、そのお嫁《よめ》さんのユウコおばさんが迎《むか》えに来《き》てくれた。

「久《ひさ》しぶり！　よく来《き》たね。二人《ふたり》とも、また大《おお》きくなったねえ」

「二人《ふたり》だけで来《く》るなんてすごいわね！」

ヨシハルおじちゃんはキクノのお母《かあ》さんの弟《おとうと》だ。田舎《いなか》の家《いえ》で、おばあちゃんとお嫁《よめ》さんと三人《さんにん》で暮《く》らしていた。おじちゃん夫婦《ふうふ》は去年結婚《きょねんけっこん》したばかりだから、子供《こども》はまだいなかった。そして、この家《いえ》にはおじいちゃんもいなかった。数年前《すうねんまえ》に亡《な》くなったのだけれど、キクノはまだ小《ちい》さかったのであまりおぼえていなかった。

おばあちゃんもおじちゃん夫婦《ふうふ》も、とてもよくキクノたちと遊《あそ》んでくれた。ただ、おじちゃん夫婦《ふうふ》は昼間《ひるま》は働《はたら》いているので、その間《あいだ》はおばあちゃんが一緒《いっしょ》に遊《あそ》んでくれた。

おばあちゃんは何《なん》でも知《し》っていたし、キクノの知《し》らないことを何《なん》でも教《おし》えてくれた。キクノはおばあちゃんのお話《はなし》を聞《き》くのが大好《だいす》きだった。白髪《しらが》交《ま》じりのおばあちゃんは、いつも髪《かみ》を束《たば》ねて後《うし》ろで「お団子《だんご》」にしていた。そして、いつも白《しろ》いかっぽう着《ぎ》を着《き》ていた。

「おばあちゃん、夏《なつ》なのにかっぽう着《ぎ》は暑《あつ》くないの？」

キクノは、以前《いぜん》、おばあちゃんに聞《き》いたことがあった。おばあちゃんは、両手《りょうて》で髪《かみ》を前《まえ》から後《うし》ろになでるように触《さわ》り、最後《さいご》に後《うし》ろのお団子《だんご》をポンポンと確認《かくにん》しながら、笑顔《えがお》でこたえてくれた。

「これかい？　いつも着《き》ているから慣《な》れちゃってねえ。全然暑《ぜんぜんあつ》くないのよ」

キクノが質問《しつもん》すると、おばあちゃんは必《かなら》ず自分《じぶん》の髪《かみ》を触《さわ》り、最後《さいご》にお団子《だんご》をポンポンと手《て》で確認《かくにん》しながらこたえてくれた。どうやら髪《かみ》を触《さわ》るのは、おばあちゃんのクセのようだった。

お兄《にい》ちゃんは、ヨシハルおじちゃんの仕事《しごと》がお休《やす》みの日《ひ》をすごく楽《たの》しみにしていた。おじちゃんは、車《くるま》で色々《いろいろ》なところへ連《つ》れていってくれるからだ。おじちゃんがいない日《ひ》は、だいたい勝手《かって》に裏庭《うらにわ》の奥《おく》にある林《はやし》やお花畑《はなばたけ》や小川《おがわ》で遊《あそ》んでいた。もちろん夜《よる》とか雨《あめ》の日《ひ》には、東京《とうきょう》の家《いえ》から持《も》ってきたゲームで遊《あそ》んだ。でも、ほとんど雨《あめ》は降《ふ》らなかったので、昼間《ひるま》はお外《そと》で遊《あそ》ぶことが多《おお》かった。キクノもお兄《にい》ちゃんと一緒《いっしょ》にお外《そと》で遊《あそ》ぶことが多《おお》かった。

その日《ひ》もキクノ達《たち》はお外《そと》で遊《あそ》んでいた。

―ミーン、ミーン―

辺《あた》り一面《いちめん》、セミが大合唱《だいがっしょう》していた。

―ギラギラ、ギンギン―

セミの大合唱《だいがっしょう》に合《あ》わせて、太陽《たいよう》のまぶしい光《ひかり》が元気《げんき》よくダンスを踊《おど》っていた。

お兄《にい》ちゃんは麦《むぎ》わら帽子《ぼうし》を被《かぶ》り、首《くび》には汗拭《あせふ》きタオルを巻《ま》いて必死《ひっし》にセミを捕《つか》まえようとしていた。でもセミは木《き》の高《たか》いところでないていて、虫《むし》とり網《あみ》がどうしても届《とど》かなかった。虫《むし》とり網《あみ》を持《も》った腕《うで》をさらに上《うえ》にのばし、必死《ひっし》にジャンプしてみたけれど届《とど》かなかった。何度《なんど》もジャンプしてみたけれど、汗《あせ》をかくだけだった。お兄《にい》ちゃんは首《くび》にまいてあるミドリ色《いろ》のタオルで、顔《かお》の汗《あせ》を何度《なんど》もふいた。このタオルは飛行機《ひこうき》の中《なか》でキャビンアテンダントのお姉《ねえ》さんにもらったものだ。

キクノもお兄《にい》ちゃんのマネをしてみた。虫《むし》とり網《あみ》を手《て》にもってジャンプしてみたけれどダメだった。お兄《にい》ちゃんで届《とど》かないのだから、キクノに届《とど》くはずもなかった。キクノはスカートの腰《こし》に挟《はさ》んであった黄色《きいろ》のタオルをとりだし、鼻《はな》の頭《あたま》の汗《あせ》を拭《ぬぐ》った。これもキャビンアテンダントのお姉《ねえ》さんにもらったものだった。

そんなキクノの姿《すがた》を見《み》ていたお兄《にい》ちゃんは、口《くち》をとがらせた。

「届《とど》くわけないじゃん！」

「だって……」

キクノは「ほお」をふくらませた。するとお兄《にい》ちゃんが、急《きゅう》に大《おお》きな声《こえ》を上《あ》げた。

「そうだ！　ボクが肩車《かたぐるま》してやるから、上《うえ》に乗《の》ってみろよ」

「えっ？　大丈夫《だいじょうぶ》？」

お兄《にい》ちゃんは麦《むぎ》わら帽子《ぼうし》をとって、高《たか》い木《き》の根元《ねもと》でしゃがみこんだ。キクノはそのお兄《にい》ちゃん肩《かた》の上《うえ》にまたがった。すると、お兄《にい》ちゃんは木《き》につかまりながら、ゆっくりと立《た》ち上《あ》がった。

「ワア……」

キクノはその高《たか》さに、チョット恐《こわ》くなって思《おも》わず声《こえ》を上《あ》げた。

「ホラ、このアミをもって」

お兄《にい》ちゃんが下《した》から虫取《むしと》り網《あみ》を手渡《てわた》してくれた。キクノはそれを手《て》に持《も》ち、精一杯《せいいっぱい》、腕《うで》を上《うえ》に伸《の》ばした。お兄《にい》ちゃんが下《した》から声《こえ》をかけた。

「どう、届《とど》く？」

「ぜんぜん、届《とど》かないよー」

二人《ふたり》で肩車《かたぐるま》をしても、セミにはぜんぜん届《とど》かなかった。結局《けっきょく》、二人《ふたり》は何《なに》もつかまえられなかった。いよいよあきらめて帰《かえ》ろうとした、その時《とき》だった。

ミッ、ミッーン、ミ、ミ、ミーン……

すごい勢《いきお》いで、空《そら》からセミがふってきた。

「しめた！」

セミは地面《じめん》でバタバタしていた。お兄《にい》ちゃんが、急《いそ》いで虫《むし》とり網《あみ》を被《かぶ》せた。

「やった！」

お兄《にい》ちゃんが嬉《うれ》しそうに声《こえ》を上《あ》げた。たった一匹《いっぴき》だけど、やっとつかまえられた。二人《ふたり》は顔《かお》を見合《みあ》わせてニッコリと微笑《ほほえ》んだ。キクノの「ほお」には、えくぼができていた。

ところが、セミを虫《むし》かごに入《い》れようとした時《とき》、お兄《にい》ちゃんが心配《しんぱい》そうな顔《かお》をした。

「こいつ、何《なん》だか元気《げんき》がないなあ……」

「ホントだ。元気《げんき》がないね。大丈夫《だいじょうぶ》？　逃《に》がしてあげた方《ほう》がいいんじゃないの？」

「でも、せっかくとったから……」

二人《ふたり》はしばらく、虫《むし》かごに入《はい》ったセミをながめていた。キクノは逃《に》がした方《ほう》が良《よ》いかもしれない、と思《おも》った。でもお兄《にい》ちゃんは逃《に》がしたくない様子《ようす》だった。結局《けっきょく》、そのままセミは持《も》ち帰《かえ》ることにした。


――おばあちゃんの家《いえ》に戻《もど》ったら、おばあちゃんは縁側《えんがわ》の掃除《そうじ》をしていた。ぞうきんでゴシゴシふいているところだった。二人《ふたり》の姿《すがた》を見《み》つけたおばあちゃんは、縁側《えんがわ》に手《て》をついて「よっこらしょ」と立《た》ち上《あ》がり腰《こし》を伸《の》ばした。そして、自分《じぶん》のかっぽう着《ぎ》の前掛《まえか》けの部分《ぶぶん》で、手《て》を拭《ふ》きながらほほえんだ。

「あら、おかえり。何《なに》かとれたかい？」

「セミを一匹捕《いっぴきつか》まえた」

「そうかい、よかったねえ」

「でも、元気《げんき》がないみたい」

お兄《にい》ちゃんが、少《すこ》し心配《しんぱい》そうな顔《かお》をした。

「元気《げんき》がないんだったら放《はな》してあげたらどうだい？　セミはすぐ死《し》んでしまうからねえ。わざわざ捕《つか》まえなくても、裏庭全部《うらにわぜんぶ》でセミを飼《か》っているようなものだから」

おばあちゃんは髪《かみ》の後《うし》ろのお団子《だんご》をポンポンしながら台所《だいどころ》へ向《む》かった。キクノたちはお庭《にわ》の水道《すいどう》で手《て》を洗《あら》ったあと、それぞれ自分《じぶん》のタオルで手《て》をふいた。そして二人並《ふたりなら》んで縁側《えんがわ》に腰《こし》掛《か》けた。

「おまたせ」

振《ふ》り返《かえ》るとおばあちゃんが、おやつのスイカと麦茶《むぎちゃ》をお盆《ぼん》にのせて戻《もど》ってきた。二人《ふたり》は、おばあちゃんの出《だ》してくれたスイカをごちそうになった。冷《つめ》たくてキーンとした。真《ま》っ赤《か》なスイカだった。

ふと目《め》をやると、先程《さきほど》おばあちゃんが掃除《そうじ》をしていた縁側《えんがわ》のすみに、お掃除《そうじ》で使《つか》ったバケツがおいてあった。そのバケツのフチに、スイカくらい赤《あか》っぽい色《いろ》の布《ぬの》がかかっていた。キクノはそれを指《ゆび》さした。

「おばあちゃん、あれはぞうきんなの？　あの赤《あか》いヤツ」

「そうだよ。でも何《なん》で？　ぞうきんが赤《あか》くちゃ、おかしいかい？」

おばあちゃんは自分《じぶん》の髪《かみ》にふれながら、不思議《ふしぎ》そうな顔《かお》をした。

「おかしいよ！　だって、ぞうきんはもともと白色《しろいろ》じゃないか。それを使《つか》っていくうちに、だんだん汚《よご》れた色《いろ》になるんじゃないか」

お兄《にい》ちゃんがスイカを食《た》べながら口《くち》をはさんだ。

「おや、どうして白《しろ》なんだい？　いろいろな色《いろ》があってもいいんじゃないのかい？」

おばあちゃんは、また不思議《ふしぎ》そうな顔《かお》をした。

「だって、お店《みせ》で売《う》っているぞうきんは、ほとんどが白色《しろいろ》だよ。たまに違《ちが》う色《いろ》のもあるけど、『真《ま》っ赤《か》』なんてド派手《はで》な色《いろ》は見《み》たことないよ」

あいかわらずスイカを食《た》べながら、お兄《にい》ちゃんが口《くち》をとがらせた。

「えっ？　ぞうきんをわざわざ買《か》っているのかい？」

おばあちゃんの声《こえ》がちょっと大《おお》きくなった。

「そうだよ。あたり前《まえ》じゃん」

お兄《にい》ちゃんは、二《ふた》つ目《め》のスイカを食《た》べはじめた。

「おや、そうなのかい！」

おばあちゃんが両手《りょうて》でパンッと手《て》を叩《たた》きながら、突然《とつぜん》、大《おお》きな声《こえ》で笑《わら》い出《だ》したので、今度《こんど》は二人《ふたり》の方《ほう》がビックリしてしまった。キクノは、聞《き》かずにはいられなかった。

「ねえ、何《なに》がおかしいの？」

「ゴメン、ゴメン。そうだよねえ。今《いま》はぞうきんって買《か》うものなんだねえ。でも昔《むかし》は自分《じぶん》の家《いえ》でつくったんだよ。古《ふる》くなったタオルや手《て》ぬぐいを使《つか》って、自分達《じぶんたち》でつくったのよ」

「へえ？」

お兄《にい》ちゃんのスイカを食《た》べる口《くち》が、初《はじ》めてとまった。キクノは、また聞《き》いてみた。

「あの赤《あか》いぞうきんは、おばあちゃんがつくったの？」

「もちろん、そうだよ。どれ、持《も》ってきてあげようね。どっこらしょ」

おばあちゃんは縁側《えんがわ》に手《て》をついて立《た》ち上《あ》がり、家《いえ》の奥《おく》に入《はい》っていった。しばらくすると、両手《りょうて》いっぱいに色《いろ》とりどりの「ぞうきん」をかかえて縁側《えんがわ》に戻《もど》ってきた。

「これはみんな、昔《むかし》はキレイなタオルやいろいろな布《ぬの》だったのよ」

おばあちゃんは縁側《えんがわ》にたくさんのぞうきんを並《なら》べた。赤《あか》、青《あお》、白《しろ》、ピンク、オレンジ、さらには模様《もよう》が描《か》いてあったり、文字《もじ》が書《か》いてあるものもたくさんあった。おばあちゃんは、その中《なか》から一枚《いちまい》のぞうきんを手《て》に取《と》った。

「このピンク色《いろ》のぞうきんは、あなた達《たち》のお母《かあ》さんのお気《き》に入《い》りのタオルだったんだよ」

おばあちゃんは懐《なつ》かしそうに、そのぞうきんをしげしげとながめた。そして自分《じぶん》の「ほお」に優《やさ》しく当《あ》てた。

「おばあちゃん、ぞうきんなんかで顔《かお》ふいちゃ汚《きたな》いよ」

お兄《にい》ちゃんがスイカを食《た》べながら、再《ふたた》び口《くち》をとがらせた。

「ぞうきんと言《い》っても、まだ使《つか》っていないからキレイなのよ」

おばあちゃんの笑顔《えがお》がさらに優《やさ》しくなった。昔《むかし》を思《おも》い出《だ》しているようだった。ピンク色《いろ》のぞうきんをほおに当《あ》てたまま、おばあちゃんが思《おも》い出《で》ばなしを始《はじ》めた。

「まだ、あなた達《たち》のお母《かあ》さんが小学生《しょうがくせい》だった頃《ころ》ね。このタオルがなくなって、大騒《おおさわ》ぎしたことがあったのよ。お気《き》に入《い》りのタオルだったから、それはそれは必死《ひっし》になって探《さが》したんだけど、どうしても見《み》つからないのよ」

「でも、今《いま》ここにぞうきんがあるんだから、見《み》つかったんでしょ？」

お兄《にい》ちゃんがスイカを食《た》べながら、ぶっきらぼうに口《くち》をはさんだ。

「そうなのよ。あったのよ。どこにあったと思《おも》う？」

おばあちゃんは、笑《わら》いをこらえきれない感《かん》じだった。

「自分《じぶん》で持《も》っていたんじゃないの？　お母《かあ》さん、あわてんぼうだから」

相変《あいか》わらずお兄《にい》ちゃんがスイカを食《た》べながら、顔《かお》も向《む》けずにこたえた。

「そうなのよ！　さすがお母《かあ》さんのことはよく分《わ》かっているわね。何《なん》のことはない、自分《じぶん》のおなかに巻《ま》き付《つ》けていたのよ。その前《まえ》の晩《ばん》、お母《かあ》さんはちょっとおなかをこわしてね。だから寝《ね》る前《まえ》に、おなかを冷《ひ》やさないようにタオルを巻《ま》くように言《い》ったの。それがいつものお気《き》に入《い》りのピンクのタオルだったのよ。翌朝《よくあさ》、そのタオルをもって学校《がっこう》に行《い》こうと思《おも》ったのに、見《み》つからないので『学校《がっこう》に行《い》かない』なんて大騒《おおさわ》ぎになったのよ。『学校《がっこう》を休《やす》むのはダメだ』ってお父《とう》さん、つまり死《し》んだおじいちゃんに怒《おこ》られちゃってね。泣《な》きべそをかきながらパジャマを脱《ぬ》いで着替《きが》えたの。そうしたら出《で》てきたのよ！　自分《じぶん》のおなかに巻《ま》かれた、このピンクのタオルが」

おばあちゃんは、あいかわらずピンクのぞうきんをほおに当《あ》てたまま、とても懐《なつ》かしそうだった。

「おばあちゃん、昔《むかし》はみんな、どのお家《うち》でもぞうきんを自分《じぶん》たちでつくっていたの？」

キクノの質問《しつもん》に、おばあちゃんは大《おお》きく頷《うなず》いた。

「そうだよ。ぞうきんは、もともとタオルや手《て》ぬぐいだったの。タオルならどこのお家《うち》にだってあるだろう。それを新品《しんぴん》の頃《ころ》から使《つか》って、使《つか》って、使《つか》って、ボロボロになるまで使《つか》うの。それで、もう古《ふる》くてダメだ、となったところで捨《す》てずに縫《ぬ》ってぞうきんにするの。今《いま》で言《い》うリメイクってヤツかしらね。使《つか》い古《ふる》しのお洋服《ようふく》や布《ぬの》でつくることもあったのよ」

おばあちゃんは、また自分《じぶん》の髪《かみ》を触《さわ》りながら優《やさ》しい笑顔《えがお》で教《おし》えてくれた。キクノはたくさんあるぞうきんを見渡《みわた》した。その中《なか》から一枚《いちまい》の青色《あおいろ》のぞうきんが目《め》にとまった。ぞうきんの真《ま》ん中《なか》にワッペンがついていたからだ。ワッペンにはヒーローのような絵《え》が描《えが》いてあった。

「おばあちゃん、あのぞうきんには、なぜワッペンがついているの？」

「どれ、これかい？」

おばあちゃんは、また懐《なつ》かしそうにその青《あお》いぞうきんを手《て》に取《と》った。

「この青色《あおいろ》のぞうきんは、昔《むかし》、何《なん》だったと思《おも》う？　触《さわ》ってごらん」

キクノはそれを手《て》で触《さわ》ってみた。なんだかちょっとゴワゴワした感《かん》じだった。

「あれ？　もしかして、これジーパン？」

「そう！　大正解《だいせいかい》。これはヨシハルおじちゃんが小学生《しょうがくせい》の時《とき》にはいていたジーパンだったのよ」

おばあちゃんは笑顔《えがお》で頷《うなず》いた。

「でも、このワッペンはなあに？　わざわざ、ぞうきんに模様《もよう》をつけたの？」

「イヤイヤ、さすがのおばあちゃんでも、そこまではしないわね」

おばあちゃんは、キクノの質問《しつもん》にこたえるかわりに、また大《おお》きな声《こえ》で笑《わら》った。キクノはお兄《にい》ちゃんの方《ほう》を向《む》いたが、あいかわらずスイカを食《た》べていた。チラッと、こちらに顔《かお》を向《む》けたお兄《にい》ちゃんは黙《だま》ったままだった。何《なん》でもイイじゃん、と言《い》っているようだった。キクノは早《はや》く理由《りゆう》を知《し》りたくなった。

「おばあちゃん、どうして？　教《おし》えて」

「ゴメン、ゴメン。そうだよねえ。今《いま》はこんなことはしないよね。これはね、『アップリケ』と言《い》ってズボンのヒザ小僧《こぞう》に穴《あな》があいた時《とき》に、あてがってなおすのに使《つか》ったものよ」

「へえ？」

お兄《にい》ちゃんのスイカを食《た》べる口《くち》がとまった。二回目《にかいめ》だ。おばあちゃんは、そのジーパンだった青《あお》いぞうきんも、自分《じぶん》のほおに当《あ》てた。

「ヒザの穴《あな》なんか、わざわざふさぐ必要《ひつよう》ないじゃん」

お兄《にい》ちゃんが、またぶっきらぼうに口《くち》をとがらせた。

「おや、じゃあ、穴《あな》があいたらどうするんだい？　そのまま捨《す》ててしまうのかい？」

おばあちゃんが不思議《ふしぎ》そうな顔《かお》をした。

「穴《あな》があいているほうが、カッコいいじゃん」

「あれ？　そうなのかい？」

おばあちゃんの目《め》が丸《まる》くなった。そんなおばあちゃんに、お兄《にい》ちゃんは説明《せつめい》した。

「最近《さいきん》じゃあ、ジーパンの膝《ひざ》に穴《あな》があいているのはファッションなんだよ。はじめから穴《あな》があいたヤツも売《う》ってるし、新品《しんぴん》の時《とき》にわざわざ穴《あな》をあける人《ひと》だっているんだ」

「そりゃあ、たまげた。わざと穴《あな》をあけるのかい？　時代《じだい》はかわるものだねえ」

おばあちゃんの丸《まる》くした目《め》がさらに大《おお》きくなった。でも、次《つぎ》の瞬間《しゅんかん》にはまた優《やさ》しい顔《かお》にもどって、嬉《うれ》しそうに昔《むかし》ばなしを続《つづ》けた。

「ヨシハルおじちゃんはねえ、ああ見《み》えて足《あし》がとっても速《はや》かったのよ。運動会《うんどうかい》では、いつもリレーの選手《せんしゅ》に選《えら》ばれていたほどなの。ある時《とき》、学校《がっこう》の帰《かえ》り道《みち》、友達《ともだち》とかけっこをして競争《きょうそう》をしたの。その時《とき》にころんでしまってね。今《いま》のようにリレー専用《せんよう》のハイカラな靴《くつ》なんて無《な》かった時代《じだい》だったから、それはそれは派手《はで》に転《ころ》んじゃってねえ。顔《かお》から地面《じめん》につっこんじゃったのよ」

思《おも》い出《で》ばなしをするおばあちゃんの顔《かお》は、いつも嬉《うれ》しそうだ。キクノは心配《しんぱい》になって聞《き》き返《かえ》した。

「ヨシハルおじちゃん、だいじょうぶだったの？」

「それが、だいじょうぶじゃなかったのよ！　前歯《まえば》を二本《ほん》も折《お》っちゃってね。それが子供《こども》の歯《は》だったから良《よ》かったようなものの、しばらくは『歯抜《はぬ》け』の状態《じょうたい》だったのよ。」

おばあちゃんは、パンッと一《ひと》つ手《て》を叩《たた》いたかと思《おも》うと、懐《なつ》かしそうに大笑《おおわら》いをした。それにつられてキクノたちも笑《わら》ってしまった。手《て》を叩《たた》くのもおばあちゃんのクセなのかな、とキクノは思《おも》った。おばあちゃんは話《はなし》を続《つづ》けた。

「その時《とき》に、履《は》いていたのがこのジーパンだったのよ。歯《は》が抜《ぬ》けただけじゃなくて、ひざ小僧《こぞう》の部分《ぶぶん》に穴《あな》があいてしまってねえ。それをこのアップリケでふさいでなおしたわけ」

「今《いま》だったら、そのまま穴《あな》のあいていた方《ほう》が、格好良《かっこよ》かったのに」

お兄《にい》ちゃんは相変《あいか》わらずスイカを食《た》べながら、小《ちい》さくつぶやいた。

「それで、せっかくだからぞうきんにする時《とき》に、このアップリケを真《ま》ん中《なか》にしてつくったのよ。このアップリケの絵《え》があるでしょう。これは当時《とうじ》はやっていた……、『ハイシャマン』とか言《い》ったかしらねえ？　ヨシハルおじちゃんが大好《だいす》きだったのよ」

おばあちゃんは、とても懐《なつ》かしそうに微笑《ほほえ》んだ。キクノは、もっとおばあちゃんの話《はなし》が聞《き》きたくなった。たくさんあるぞうきんの中《なか》から、今度《こんど》は一番《いちばん》あざやかな色《いろ》のぞうきんを手《て》にとった。

「このキレイな赤《あか》いぞうきんは、昔《むかし》、なんだったの？」

「おや、これかい？」

おばあちゃんは自分《じぶん》の髪《かみ》の後《うし》ろのお団子《だんご》をポンポンしながら、先程《さきほど》、縁側《えんがわ》を掃除《そうじ》していたバケツの方《ほう》に顔《かお》を向《む》けた。

「あっ！　アレと同《おな》じぞうきんなの？」

キクノはさっき目《め》にとまった、バケツのフチにかかっている赤《あか》いぞうきんを指《ゆび》さした。

その赤《あか》いぞうきんは、水《みず》にぬれていたので、これと同《おな》じぞうきんだとは思《おも》わなかった。

「そう。実《じつ》はねえ、これは死《し》んだおじいちゃんの『ちゃんちゃんこ』だったのよ」

「ちゃんちゃんこ？」

お兄《にい》ちゃんのスイカを食べる口《くち》が、またとまった。三回目《かいめ》だ。おばあちゃんは、その赤《あか》色《いろ》のぞうきんもほおにあてた。

「そう、おじいちゃんの六十回目《ろくじゅっかいめ》の誕生日《たんじょうび》の記念《きねん》に用意《ようい》したものだったの。人《ひと》は誰《だれ》でも六十回目《かいめ》の誕生日《たんじょうび》を『還暦《かんれき》』と言《い》って特別《とくべつ》にお祝《いわ》いするのよね。おじいちゃんも、そのお祝《いわ》いの時《とき》にこれを着《き》る予定《よてい》だったんだけど、そのちょっと前《まえ》に死《し》んじゃったのよ」

おばあちゃんは、あいかわらずおだやかな表情《ひょうじょう》だった。キクノはちょっと不思議《ふしぎ》そうに聞《き》き返《かえ》した。

「じゃあ、着《き》なかったの？　このちゃんちゃんこ」

「そう、一度《いちど》も着《き》なかったのよ。用意《ようい》だけして、着《き》せてあげることができなかったのね。しばらくはタンス中《なか》に、ずっとしまっておいたんだけど。でも、それだと本当《ほんとう》に目《め》に触《ふ》れることもないでしょう？　いろいろどうしようかと考《かんが》えたんだけど、やっぱりこうやってリメイクすれば、いつでもおじいちゃんにあえる気《き》がしてねえ。おじいちゃんもその方《ほう》が喜《よろこ》ぶと思《おも》って。しかも一枚《いちまい》のちゃんちゃんこから何枚《なんまい》もぞうきんができたのよ」

おばあちゃんは、あいかわらず赤《あか》いぞうきんをほおにあてたまま微笑《ほほえ》んだ。

キクノには、おじいちゃんの記憶《きおく》はあまりなかったけれど、仏壇《ぶつだん》に飾《かざ》ってあるおじいちゃんの写真《しゃしん》を思《おも》いうかべた。

「おじいちゃんって、赤《あか》い色《いろ》が好《す》きだったの？」

「あっ、そうだよねえ！　この派手《はで》な赤色《あかいろ》はおじいちゃんには、ちょっと似合《にあ》わないわよねえ」

あばあちゃんはまた、パンッ、と一《ひと》つ手《て》を叩《たた》きながら大《おお》きな笑《わら》い声《ごえ》を上《あ》げた。

「六十歳《さい》のお祝《いわ》いのちゃんちゃんこはね、『誰《だれ》でも赤色《あかいろ》』って昔《むかし》からきまっているのよ」

「みんな赤《あか》じゃないとダメなの？」

「そうなのよ！　赤色《あかいろ》が縁起《えんぎ》がいいらしいの。だから男《おとこ》の人《ひと》でも女《おんな》の人《ひと》でも、誰《だれ》でもみんな赤色《あかいろ》なのよ」

おばあちゃんの説明《せつめい》で、ようやくキクノも納得《なっとく》できた。キクノは、もっともっとおばあちゃんの話《はなし》が聞《き》きたくなった。

「この中《なか》に、おばあちゃんが使《つか》っていたぞうきんはないの？」

おばあちゃんはハッとしたように、また目《め》を大《おお》きくした。そして、たくさんあるぞうきんの中《なか》から白色《しろいろ》のぞうきんを取《と》り出《だ》した。このぞうきんも何枚《なんまい》もあるみたいだった。

「これだよ。何《なん》だか分《わ》かるかい？」

おばあちゃんは、そのぞうきんを、またほおに当《あ》てた。キクノも手《て》に取《と》って触《さわ》ってみた。

「なんだかタオルというよりは、ガーゼみたいな感《かん》じかしら？」

おばあちゃんは嬉《うれ》しそうに頷《うなず》いた。

「そう、その通《とお》りよ。これはとっても長《なが》い腹巻《はらま》きだったのよ。あなた達《たち》のお母《かあ》さん、そしてヨシハルおじちゃんがおなかに入《はい》っていたとき、その大《おお》きなおなかを守《まも》るために使《つか》っていた腹巻《はらま》きなのよ」

「プふッ！」

お兄《にい》ちゃんは、ちょうど麦茶《むぎちゃ》を飲《の》んでいる最中《さいちゅう》に驚《おどろ》いたので、ちょっと口《くち》から吹《ふ》き出《だ》してしまった。キクノはとっても不思議《ふしぎ》そうな顔《かお》をした。

「これでおなかを守《まも》っていたの？」

「ああ、そうだよ。今《いま》では妊婦《にんぷ》さん専用《せんよう》の腹巻《はらま》きが売《う》っているのだろうけど、昔《むかし》はサラシと言《い》う長《なが》い腹巻《はらま》きを使《つか》うことが多《おお》かったのよ」

おなかにいた時《とき》のお母《かあ》さんを守《まも》っていた、と知《し》ったキクノは何《なん》だかそのぞうきんを顔《かお》に当《あ》ててみたくなった。おばあちゃんのマネをして、そのぞうきんを自分《じぶん》のほおに当《あ》ててみた。キクノのほおには、自然《しぜん》とえくぼができていた。その姿《すがた》を見《み》たおばあちゃんは、とても嬉《うれ》しそうだった。

「どうだい？　何《なに》か聞《き》こえるかい？」

「えっ？　何《なに》も聞《き》こえないよ。おばあちゃんは聞《き》こえるの？」

「ああ、聞《き》こえるとも。あなた達《たち》のお母《かあ》さんが赤《あか》ちゃんだった頃《ころ》の、なき声《こえ》が聞《き》こえるんだよ」

おばあちゃんは目《め》をつぶって嬉《うれ》しそうに頷《うなず》いた。お兄《にい》ちゃんだけは隣《となり》で、ちょっと変《へん》な顔《かお》をしていた。お兄《にい》ちゃんは、ぞうきんをほおに当《あ》てるのがどうしてもイヤみたいだった。首《くび》にかけたミドリ色《いろ》のタオルで、よごれた口《くち》の周《まわ》りを不機嫌《ふきげん》そうにふいていた。

「聞《き》こえるわけないじゃん」

「やっぱり男《おとこ》の子《こ》だねえ」

おばあちゃんは、あいかわらず優《やさ》しい笑顔《えがお》だった。そして、えくぼのできた「ほお」にぞうきんを当《あ》てているキクノの頭《あたま》をなでてくれた。

「やっぱり女《おんな》の子《こ》だねえ」

嬉《うれ》しそうに笑《わら》うおばあちゃんだった。

口《くち》の周《まわ》りをふき終《お》わったお兄《にい》ちゃんが、おばあちゃんに尋《たず》ねた。

「このボクのミドリ色《いろ》のタオルも、古《ふる》くなったらぞうきんにしてくれるの？」

「ああ、いいとも。お望《のぞ》みならばいつでもつくってあげるよ」

「じゃあ、東京《とうきょう》に帰《かえ》るときおいていくから、来年《らいねん》までにつくっておいてくれる？」

お兄《にい》ちゃんは照《て》れくさそうにおばあちゃんに聞《き》いた。そのタオルは飛行機《ひこうき》の中《なか》でキャビンアテンダントのお姉《ねえ》さんからもらったばかりの新品《しんぴん》だった。けれどキクノは黙《だま》っていた。でも、おばあちゃんもちょっと心配《しんぱい》そうな顔《かお》をした。

「でも、これ、まだ新《あたら》しそうだけどいいのかい？」

「いいんだ。学校《がっこう》で友達《ともだち》が使《つか》うぞうきんは、みんな白色《しろいろ》ばかりだから。このタオルをぞうきんにしたら格好《かっこ》いいじゃん。ボクだけミドリ色《いろ》のぞうきんなんて！　しかもぞうきんに飛行機《ひこうき》の絵《え》が描《か》いてあるんだから」

あいかわらず照《て》れくさそうにお兄《にい》ちゃんは自分《じぶん》の頭《あたま》をかいた。

「だったら来年《らいねん》まで待《ま》たないで、ぞうきんにしたらすぐ送《おく》ってあげるからね、東京《とうきょう》に。やっぱり男《おとこ》の子《こ》だねえ」

おばあちゃんは、お兄《にい》ちゃんの頭《あたま》を優《やさ》しくなでながら嬉《うれ》しそうに笑《わら》った。

「さてとっ！　セミ、逃《に》がしてくるね」

おばあちゃんに頭《あたま》をなでられたお兄《にい》ちゃんは、照《て》れくさそうに縁側《えんがわ》からピョンッと飛《と》び降《お》りたかと思《おも》うと、すぐさま裏《うら》の林《はやし》に向《む》かって走《はし》りだした。


――縁側《えんがわ》で二人《ふたり》だけになった。おばあちゃんにぞうきんをつくってもらえるお兄《にい》ちゃんがうらやましくなったキクノは、スカートの腰《こし》に挟《はさ》んであったタオルをとっておばあちゃんにみせた。

「私《わたし》のこの黄色《きいろ》いタオルも、ぞうきんにしてくれる？」

「ああ、もちろんだとも」

おばあちゃんはキクノのタオルを手《て》にとり、自分《じぶん》のほおに当《あ》ててニッコリとほほえんだ。キクノは縁側《えんがわ》に置《お》かれている他《ほか》のぞうきんを色々《いろいろ》と手《て》にとっては、二人《ふたり》きりでおばあちゃんの思《おも》い出《で》ばなしをきいた。ぞうきんて、きたないものだとばかり思《おも》っていた。でも、元々《もともと》はタオルや服《ふく》だと知《し》ったら、なんだかそんな感《かん》じはしなくなっていた。

縁側《えんがわ》に並《なら》んだたくさんのぞうきんを、キクノはワクワクしながら見回《みまわ》した。そのキクノの目《め》に、また一《ひと》つのぞうきんが飛《と》び込《こ》んできた。

「おばあちゃん、このオレンジ色《いろ》のぞうきんは何《なん》だったの？」

「そう、そう、これは一番最近作《いちばんさいきんつく》ったヤツでね……」

おばあちゃんは大《おお》げさに話《はなし》を始《はじ》めた。

「実《じつ》はこれ、ユウコおばさんのエコバッグだったのよ」

「お買《か》い物《もの》の時《とき》に使《つか》うやつ？」

「そうなのよ。ユウコおばさんは、ある日《ひ》、缶《かん》ビールを沢山買《たくさんか》ったのね。ヨシハルおじちゃんが飲《の》むやつ。ビールって、けっこう重《おも》いでしょ。それを無理《むり》にたくさん詰《つ》め込《こ》んだものだから、ビリって、持《も》ち手《て》からやぶれちゃったのよ」

「大丈夫《だいじょうぶ》だったの？」

「それが大変《たいへん》だったらしいの。お店《みせ》でビールがたくさん床《ゆか》に転《ころ》がっちゃったんだって。周《まわ》りの人《ひと》がみんなで協力《きょうりょく》して拾《ひろ》ってくれたみたい。『とっても恥《は》ずかしかったわ』って、おばさんは照《て》れ笑《わら》いしてたけどねえ」

おばあちゃんは、またパンッと手《て》を叩《たた》きながら大笑《おおわら》いをしたあと、話《はなし》を続《つづ》けた。

「今《いま》でこそ、買《か》い物《もの》の時《とき》はエコバッグが必需品《ひつじゅひん》だけど、以前《いぜん》はお店《みせ》からタダで買《か》い物袋《ものぶくろ》がもらえたんだけどねえ」

「レジで買《か》う、ビニールのヤツ?」

「そう、昔《むかし》は全部無料《ぜんぶむりょう》だったのよ」

「へえ、そうなの?」

キクノは不思議《ふしぎ》そうな顔《かお》をした。

「そうなのよ。昔《むかし》はそのビニール袋《ぶくろ》をどこの家《いえ》でも『ゴミ袋《ぶくろ》』として使《つか》っていたの。だからとっても大切《たいせつ》だったのよ」

「ゴミ袋《ぶくろ》は、決《き》められたやつじゃないとダメなんじゃないの?」

「キクちゃんは、よくしっているねえ」

おばあちゃんはまた自分《じぶん》の髪《かみ》のお団子《だんご》ポンポンしながら、笑顔《えがお》で教《おし》えてくれた。今《いま》でこそ、その地域《ちいき》の指定《してい》のゴミ袋《ぶくろ》でゴミを出《だ》すところがほとんどだけれど、田舎《いなか》の方《ほう》ではつい最近《さいきん》まで、袋《ふくろ》は何《なん》でも良《よ》かったらしい。だから、わざわざ専用《せんよう》のゴミ袋《ぶくろ》を買《か》う必要《ひつよう》もなかったと言《い》う。買《か》い物《もの》でもらったビニール袋《ぶくろ》を大切《たいせつ》にとっておいて、ゴミ袋《ぶくろ》として使《つか》う家《いえ》がほとんどだったのだそうだ。

「とにかく昔《むかし》はなんでも大切《たいせつ》にしたねえ。なんでも捨《す》てる前《まえ》に、何《なに》かに使《つか》えないかって、色々考《いろいろかんが》えたくらいだったんだけどねえ。例《たと》えば……」

おばあちゃんは少《すこ》し考《かんが》えた後《あと》に、思《おも》い出《だ》したように、また、パンッと一《ひと》つ手《て》をたたいた。

「そうそう、新聞広告《しんぶんこうこく》のウラ側《がわ》ってあるだろう?」

「新聞広告《しんぶんこうこく》?」

「あれ？　新聞《しんぶん》ってとってないの？」

「うちはとってない」

「あれれ、今《いま》はそう言《い》う時代《じだい》なんだねえ。たしかにスマホでニュースは全部《ぜんぶ》見《み》られるものねえ。昔《むかし》はスマホなんてなかっただろう。だから、ほとんどのおうちで新聞《しんぶん》をとっていたんだけどねえ……」

そう言《い》い残《のこ》して、奥《おく》の部屋《へや》に行《い》ったおばあちゃんは、何《なに》かを手《て》に持《も》って戻《もど》ってきた。

「これがうちのメモ用紙《ようし》よ」

みると、おばあちゃんの手《て》には、やや不揃《ふぞろ》いの白《しろ》い紙《かみ》の束《たば》があった。その裏側《うらがわ》には色々《いろいろ》な絵《え》や写真《しゃしん》、そして文字《もじ》がかかれていた。

「あっ、コピー用紙《ようし》のウラ側《がわ》をもう一度《いちど》使《つか》うやつでしょう？」

「そうそう、それと同《おな》じね。新聞《しんぶん》の中《なか》に入《はい》っていた広告《こうこく》の中《なか》で、裏《うら》が白紙《はくし》のヤツは絶対《ぜったい》に捨《す》てないの。カレンダーの裏《うら》もそうよ。必《かなら》ずハサミでキレイに切《き》ってとっておくのよ。何《なに》かの時《とき》に便利《べんり》だものねえ」

おばあちゃんが自分《じぶん》の髪《かみ》をなでながら、おかしそうに説明《せつめい》を続《つづ》けた。

「おばあちゃんのお母《かあ》さんよりもっと前《まえ》の時代《じだい》なんかはね、新聞紙《しんぶんし》も捨《す》てずにちゃんと使《つか》ったのよ。何《なに》に使《つか》ったと思《おも》う？」

「おばあちゃんのお母《かあ》さん？」

「ゴメンゴメン、分《わ》かりづらいねえ。キクちゃんの『ひいおばあちゃん』と言《い》うんだけど。

そんな昔《むかし》の時代《じだい》にはね、なんと新聞紙《しんぶんし》でお尻《しり》を拭《ふ》いていたのよ」

「おしり？」

キクノは大《おお》きな声《こえ》を上《あ》げた。おばあちゃんの説明《せつめい》では、今《いま》でこそ水洗《すいせん》トイレだが、昔《むかし》、特《とく》に田舎《いなか》の方《ほう》では、くみ取《と》り式《しき》のトイレしかなかったらしい。しかもほとんどのおうちが和式《わしき》トイレだったそうだ。つまり日本式《にほんしき》のトイレのことだ。お相撲《すもう》さんの「はっけよい」の時《とき》のように、しゃがみ込《こ》んでようをたすトイレだ。今《いま》のように椅子《いす》に座《すわ》ったままの姿勢《しせい》で、ようをたす洋式《ようしき》トイレが主流《しゅりゅう》になるのはずっと後《あと》らしかった。もちろんそんな時代《じだい》には、ウォシュレットなんてあるはずもない。その頃《ころ》にはトイレットペーパーが貴重品《きちょうひん》でもったいないので、新聞紙《しんぶんし》をこすってやわらかくして、お尻《しり》を拭《ふ》いていたのだそうだ。

「トイレットペーパーと違《ちが》って、新聞紙《しんぶんし》はチョットかたいだろう。だからよーくこすらないと、お尻《しり》が痛《いた》かったたっんだってさ」

二人《ふたり》は一緒《いっしょ》にパンッと手《て》を叩《たた》きながら、大声《おおごえ》で笑《わら》い合《あ》った。

「でもそれくらい、昔《むかし》の人《ひと》は何《なん》でも大切《たいせつ》にしたねえ。確《たし》かに、今《いま》みたいにものがあまりなかったしねえ」

おばあちゃんはしみじみと語《かた》った。昔《むかし》を思《おも》い出《だ》しているおばあちゃんの顔《かお》はいつも優《やさ》しかった。キクノは、おばあちゃんの思《おも》い出《で》ばなしをまだまだ、ずっと聞《き》いていたくなった。

「おばあちゃん、こんなにたくさんあるのに、まだぞうきんをつくるの？」

「おや、ホントだねえ。たくさんあるから、使《つか》っても使《つか》っても全然《ぜんぜん》減《へ》らないねえ。これじゃあ、つくるたんびに思《おも》い出《で》ばなしだけがどんどん増《ふ》えていくねえ……」

おばあちゃんは、また大《おお》きな声《こえ》で笑《わら》った。

そこへ、お兄《にい》ちゃんが走《はし》って帰《かえ》ってきた。おばあちゃんが優《やさ》しく迎《むか》えた。

「おかえり、上手《うま》いこと逃《に》がしてやれたかい？」

「ウン」

見《み》ると、お兄《にい》ちゃんは手《て》に大事《だいじ》そうに何《なに》かを持《も》っていた。

「コレ、落《お》ちてた」

そっと差《さ》し出《だ》した手《て》のひらには「セミの抜《ぬ》け殻《がら》」が一《ひと》つあった。

「おやまあ！　それも『布《ぬの》』でできていたら良《よ》かったのにねえ。そうすれば、おばあちゃんがぞうきんにしてあげられたのにねえ。ぞうきんにしておけば、いつでも思《おも》い出《だ》せるんだけどねえ……」


——その日《ひ》の夜《よる》、お兄《にい》ちゃんはキャビンアテンダントのお姉《ねえ》さんにもらった「飛行機《ひこうき》のプラモデル」を組《く》み立《た》てた。そして、その上《うえ》にセミの抜《ぬ》け殻《がら》をちょこんと乗《の》せた。お兄《にい》ちゃんは嬉《うれ》しそうに、いつまでもいつもでもそれを眺《なが》めていた。

キクノは夏休《なつやす》みの宿題《しゅくだい》の絵日記《えにっき》を描《か》くために「おえかきセット」をひろげた。これもキャビンアテンダントのお姉《ねえ》さんにもらったものだ。キクノは「おばあちゃん」と、色《いろ》とりどりの「ぞうきん」を描《か》くことにした。

――夏休《なつやす》みが終《お》わり新学期《しんがっき》が始《はじ》まったある日《ひ》、田舎《いなか》のおばあちゃんから荷物《にもつ》が届《とど》いた。我先《われさき》にと荷物《にもつ》を開《あ》けたお兄《にい》ちゃんが大声《おおごえ》を上《あ》げた。

「わあ、セミだ！」

中《なか》には、おばあちゃんが作《つく》ってくれたあの「ぞうきん」が入《はい》っていた。お兄《にい》ちゃんのミドリ色《いろ》のぞうきんには、とてもかわいらしいセミの刺繍《ししゅう》がしてあった。ちょうど飛行機《ひこうき》の柄《がら》の上《うえ》に、セミの刺繍《ししゅう》がしてあるので、まるでセミが飛行機《ひこうき》の上《うえ》にちょこんと乗《の》っているように見《み》えるのだ。

「わたしのは？」

キクノも急《いそ》いでぞうきんをとりだした。

「あっ、スイカ！　真《ま》っ赤《か》なスイカ！」

キクノも思《おも》わず大声《おおごえ》を上《あ》げた。キクノの黄色《きいろ》いぞうきんには、半月状《はんげつじょう》に切《き》った真《ま》っ赤《か》なスイカの刺繍《ししゅう》がしてあった。そのスイカの部分《ぶぶん》を指《ゆび》でこすってみたキクノはさらに嬉《うれ》しそうに叫《さけ》んだ。

「お母《かあ》さん、みて！　これはきっと、おじいちゃんの『ちゃんちゃんこ』だわ。あの赤《あか》い『ちゃんちゃんこ』の布《ぬの》を結《ゆ》って作《つく》ってくれたんだわ」

一緒《いっしょ》に荷物《にもつ》を開《あ》けたお母《かあ》さんも嬉《うれ》しそうに、二人《ふたり》のぞうきんを手《て》にした。

「こんなカワイイぞうきんなんて、もったいなくて、とてもとても使《つか》えないわねえ」

キクノは、その黄色《きいろ》いぞうきんを自分《じぶん》のほおに当《あ》ててみた。キクノのほおには、みるみるえくぼが浮《う》かんだ。

それを見《み》ていたお兄《にい》ちゃんまで、自分《じぶん》のほおにミドリ色《いろ》のぞうきんを当《あ》てた。初《はじ》めて見《み》るお兄《にい》ちゃんのその姿《すがた》に、キクノはビックリして思《おも》わず声《こえ》が出《で》てしまった。

「あっ！　お兄《にい》ちゃん、あんなにイヤがっていたのに」

「い、イイじゃんよ……」

お兄《にい》ちゃんは照《て》れくさそうに顔《かお》を赤《あか》くした。それを見《み》ていたお母《かあ》さんは、嬉《うれ》しそうに兄妹二人《きょうだいふたり》の頭《あたま》をなでた。

「やっぱり兄妹《きょうだい》だねえ……」

そのお母《かあ》さんのしぐさが、ちょっと、おばあちゃんに似《に》ているかも、と思《おも》うキクノだった。

あとがき

皆《みな》さんは歯医者《はいしゃ》は好《す》きですか？　えっ、やっぱり嫌《きら》いですか？　私《わたし》は普段《ふだん》は歯医者《はいしゃ》をしています。だから「歯《は》を磨《みが》きましょう」が口癖《くちぐせ》のようになっています。でも「患者《かんじゃ》さんは、人《ひと》に押《お》しつけられて、はたしてハミガキをする気《き》が起《お》こるのかな？」って、正直《しょうじき》いつも悩《なや》んでいます。そこで『変身《へんしん》！　ハイシャマン』は「人《ひと》に言《い》われて」ではなく、「自《みずか》らすすんでハミガキをしてもらえたら」と思《おも》って書《か》いた作品《さくひん》です。皆《みな》さん、読《よ》んでみていかがだったでしょうか？　ハイシャマンに変身《へんしん》したくなりましたか？

『三《みっ》つのハードル』は、私《わたし》の歯科医院《しかいいん》スタッフの歯科衛生士《しかえいせいし》さんと、そのお子様《こさま》の「実話《じつわ》」が元《もと》になっています。インコのピーちゃんも、ひかる君《くん》のモデルも実在《じつざい》しています。

クライマックスのシーン、約束《やくそく》を破《やぶ》って踏切《ふみきり》を越《こ》え、ペットショップへ通《かよ》っていたひかる君《くん》が、いよいよお母《かあ》さんに本当《ほんとう》のことを告白《こくはく》するシーン。これは当時《とうじ》、小学一年生《しょうがくいちねんせい》だったひかる君《くん》が、お母《かあ》さんを説得《せっとく》するために、本当《ほんとう》に自分《じぶん》で考《かんが》えて実行《じっこう》した「一《いち》か八《ばち》かの大胆《だいたん》な作戦《さくせん》」でした。何《なに》も知《し》らされずに、ペットショップのピーちゃんの前《まえ》に、いきなり連《つ》れていかれたお母《かあ》さん（当院《とういん》スタッフ）が、「本当《ほんとう》はオニのように怒《おこ》りたかったけど、店長《てんちょう》さんの前《まえ》だから仕方《しかた》なくグッとこらえたんですよ」って笑《わら》いながら、私《わたし》に話《はな》してくれました。「とても良《よ》い話《はなし》だ」と感動《かんどう》した私《わたし》は「是非《ぜひ》とも作品《さくひん》にしなければ」と、ある意味《いみ》「使命感《しめいかん》」を感《かん》じながら書《か》いた作品《さくひん》です。そのひかる君《くん》も、この春《はる》、高校一年生《こうこういちねんせい》になりました。すでに、ピーちゃんはその天寿《てんじゅ》をまっとうしましたが、この作品《さくひん》を謹《つつし》んでピーちゃんに捧《ささ》げたく存《ぞん》じます。

『おばあちゃんのぞうきん』は、私《わたし》の実体験《じったいけん》が元《もと》になっています。私《わたし》と妹《いもうと》は小学生《しょうがくせい》の夏休《なつやす》み、毎年《まいとし》、北海道《ほっかいどう》のおばあちゃんの家《いえ》で過《す》ごしました。兄妹二人《きょうだいふたり》だけで飛行機《ひこうき》に乗《の》って、「ちびっ子《こ》ひとり旅《たび》」のワッペンを貼《は》ってもらって……。「かわいい子《こ》には旅《たび》をさせろ」と言《い》いますが、今《いま》にして思《おも》うと本当《ほんとう》にいい経験《けいけん》、楽《たの》しい思《おも》い出《で》ばかりです。「昔《むかし》ながらの先人《せんじん》の知恵《ちえ》、大事《だいじ》にしたい伝統《でんとう》、伝《つた》えていきたい文化《ぶんか》」など、そこに脈々《みゃくみゃく》と流《なが》れる日本《にほん》の良《よ》き心《こころ》、美《うつく》しい心《こころ》を表現《ひょうげん》できれば、と考《かんが》えて書《か》いた作品《さくひん》です。皆様《みなさま》に、そんな「心《こころ》」を感《かん》じて頂《いただ》ければ、作者冥利《さくしゃみょうり》につきるのですが……。

結《むす》びに、初《はじ》めての児童文学集《じどうぶんがくしゅう》の書籍化《しょせきか》にあたり、親身《しんみ》になって相談《そうだん》に乗《の》って頂《いただ》き、ご指導賜《しどうたまわ》りました文芸社《ぶんげいしゃ》の岡林夏様《おかばやしなつさま》、金丸久修様《かなまるひさのぶさま》に心《こころ》より御礼申《おれいもう》し上《あ》げます。

また、常日頃《つねひごろ》ご指導《しどう》ご鞭撻《べんたつ》を賜《たま》っております皆々様《みなみなさま》、当院《とういん》スタッフの皆様《みなさま》、取引先各位《とりひきさきかくい》、そして患者様《かんじゃさま》、さらには恩師《おんし》、友人《ゆうじん》、先輩後輩《せんぱいこうはい》、親戚《しんせき》、家族《かぞく》、妹《いもうと》、亡父《ぼうふ》そして何《なに》より私《わたし》の母《はは》に、心《こころ》より感謝《かんしゃ》を申《もう》し上《あ》げたいと思《おも》います。

いつも本当《ほんとう》にありがとうございます。心《こころ》の底《そこ》から感謝申《かんしゃもう》し上《あ》げます。そしてこれからもどうぞよろしくお願《ねが》い申《もう》し上《あ》げます。

令和六年《れいわろくねん》・春《はる》　鹿石八千代《しかいしやちよ》

文芸社セレクション

おばあちゃんのぞうきん

—鹿石《しかいし》八《や》千《ち》代《よ》児《じ》童《どう》文《ぶん》学《がく》集《しゅう》—

鹿石 八千代

SHIKAISHI Yachiyo

文芸社

文芸社セレクション

おばあちゃんのぞうきん

―鹿石《しかいし》八《や》千《ち》代《よ》児《じ》童《どう》文《ぶん》学《がく》集《しゅう》―

鹿石　八千代

SHIKAISHI Yachiyo

文芸社

目次

変身《へんしん》！　ハイシャマン

「う、うっ、うっ……。う〜ん、い、いたい！　い、いたい……」

夜中《よなか》、布団《ふとん》の中《なか》であまりの痛《いた》さに目《め》を覚《さ》ましたケンタ君《くん》。

「は、歯《は》が痛《いた》い！　ほっぺが熱《あつ》い！　いたくて、アツくて、いたくて、アツくて……」

あまりの痛《いた》さに、ケンタ君《くん》はおもわず手《て》でほっぺを押《お》さえました。片方《かたほう》の手《て》だけではたりなくて、もう片方《かたほう》の手《て》をわざわざ反対《はんたい》まで持《も》ってきて両手《りょうて》でほっぺを押《お》さえました。

ケンタ君《くん》はとにかく力一杯《ちからいっぱい》にほっぺを押《お》さえました。でも痛《いた》い！　痛《いた》くてたまらないケンタ君《くん》。

「う、うーっ」

思《おも》わず、うなり声《ごえ》を上《あ》げてしまう。

「た、助《たす》けて！　助《たす》けて……」

ケンタ君《くん》は心《こころ》の中《なか》で叫《さけ》びました。痛《いた》さでまともに声《こえ》も出《で》ないケンタ君《くん》は、やっとの思《おも》いで布団《ふとん》から這《は》い出《だ》してお父《とう》さんとお母《かあ》さんの部屋《へや》に行《い》きました。そして小《ちい》さな声《こえ》で、寝《ね》ているお母《かあ》さんをゆすって起《お》こしたのです。

「お、お母《かあ》さん、歯《は》が痛《いた》いよ。い、痛《いた》いよ……」

「なによ、ケンタ。こんな夜中《よなか》に！　だから、いつも言《い》っているでしょ。ちゃんと歯《は》を磨《みが》きなさいって……」

　真夜中《まよなか》に起《お》こされて不機嫌《ふきげん》そうに返事《へんじ》をしたお母《かあ》さんは、眠《ねむ》い目《め》をこすりながら寝室《しんしつ》のあかりをつけました。とたんにケンタ君《くん》の姿《すがた》を見《み》てビックリ仰天《ぎょうてん》。

「大丈夫《だいじょうぶ》、ケンタ、ケンタ？　どうしよう？　こんな夜中《よなか》じゃ、歯医者《はいしゃ》さんもやってないし。困《こま》ったわねえ。お父《とう》さん、お父《とう》さん、チョット起《お》きて！」

　お母《かあ》さんは慌《あわ》てて隣《となり》で寝《ね》ていたお父《とう》さんをたたき起《お》こしました。そうしているうちにも、あまりの痛《いた》さにうずくまってしまったケンタ君《くん》。もう、立《た》っていることもできませんでした。

「痛《いた》い、痛《いた》い、目《め》が回《まわ》る。頭《あたま》がガンガンする。もう、どこが痛《いた》いか分《わ》からない。上《うえ》の歯《は》が痛《いた》いのか？　下《した》の歯《は》が痛《いた》いのか？　もう、何《なに》が何《なん》だか分《わ》からない。助《たす》けて、助《たす》けて……」

　心《こころ》の中《なか》で叫《さけ》びながら、ただただ、ほっぺを押《お》さえて、うずくまるケンタ君《くん》。あくびをしながら、やっと起《お》き上《あ》がったお父《とう》さんもケンタ君《くん》の姿《すがた》を見《み》て、これまたびっくり仰天《ぎょうてん》です。お父《とう》さんはすぐにケンタ君《くん》を抱《だ》き起《お》こしました。

「ケンタ、大丈夫《だいじょうぶ》か？　口《くち》を開《あ》けてみろ！」

　ケンタ君《くん》のお口《くち》の中《なか》をのぞき込《こ》んだお父《とう》さんは、あまりの虫歯《むしば》の大《おお》きさに、眠気《ねむけ》も吹《ふ》っ飛《と》んでしまいました。

「でっかい穴《あな》だなあ！」

お父《とう》さんの絶望《ぜつぼう》の叫《さけ》び声《ごえ》が、深夜《しんや》の部屋《へや》に響《ひび》き渡《わた》りました。隣《となり》でお母《かあ》さんは声《こえ》も出《で》ず、ムンクのように顔《かお》を引《ひ》きつらせていました。

「うー、あー、い、いたい……」

まるで溜息《ためいき》のように、ハッキリと聞《き》き取《と》れないほどのか細《ぼそ》い声《こえ》で訴《うった》えるケンタ君《くん》。心《こころ》の中《なか》では、大声《おおごえ》で「痛《いた》ーい」と叫《さけ》んだつもりでしたが、実際《じっさい》には蚊《か》の鳴《な》くような小《ちい》さな声《こえ》しか出《で》ませんでした。

お父《とう》さんが慌《あわ》てて、薬箱《くすりばこ》の中《なか》から「とってもくさい匂《にお》いのお腹《なか》の薬《くすり》」（正露丸《せいろがん》）を持《も》ってきました。そして茶色《ちゃいろ》い瓶《びん》から、一粒《ひとつぶ》の丸《まる》い黒《くろ》い粒状《りゅうじょう》の薬《くすり》を取《と》り出《だ》しました。それを、痛《いた》がるケンタ君《くん》の、大《おお》きな虫歯《むしば》の中《なか》にムリムリ詰《つ》め込《こ》んだのです。辺《あた》り一面《いちめん》に、とってもくさい薬《くすり》の匂《にお》いが漂《ただよ》いました。

「ギャッ、ギャアー」

心《こころ》の中《なか》では大声《おおごえ》で叫《さけ》んだつもりのケンタ君《くん》でしたが、もう声《こえ》も出《で》ず、抵抗《ていこう》する力《ちから》も残《のこ》っていませんでした。ただただ、お父《とう》さんにされるがままに、薬《くすり》を詰《つ》めてもらったのでした。

お腹《なか》をこわしたときにいつも飲《の》まされる、この強烈《きょうれつ》にくさい匂《にお》いのお薬《くすり》でしたが、その日《ひ》に限《かぎ》っては全《まった》く匂《にお》いがしません。あまりの歯《は》の痛《いた》さに、匂《にお》いもさえ感《かん》じないケンタ君《くん》でした。

お父《とう》さんが困《こま》った顔《かお》をしながらつぶやきました。

「これで明日《あした》の朝《あさ》まで辛抱《しんぼう》するしかないだろう。本当《ほんとう》はお腹《なか》の薬《くすり》だけど。俺《おれ》も子供《こども》の時《とき》、母親《ははおや》にこの薬《くすり》を詰《つ》められて何《なん》とかしのいだ記憶《きおく》がある。その時《とき》みたいに痛《いた》みが引《ひ》いてくれるといいんだけどな。明日《あした》の朝一番《あさいちばん》で、歯医者《はいしゃ》に連《つ》れて行《い》くしかないだろう」

お父《とう》さんは心配《しんぱい》そうにお母《かあ》さんと相談《そうだん》しました。そして、お母《かあ》さんも痛《いた》み止《ど》めの薬《くすり》を、ケンタ君《くん》に飲《の》ませてくれました。

「ケンタ、これも我慢《がまん》して飲《の》んでちょうだい」

「う、ウガー」

ケンタ君《くん》の悲鳴《ひめい》は、やはりかすかなうめき声《ごえ》にしか聞《き》こえませんでした。抵抗《ていこう》する力《ちから》など残《のこ》っていないケンタ君《くん》は、ムリヤリ薬《くすり》を飲《の》みこみました。

その後《あと》、お父《とう》さんに抱《だ》きかかえられながら、自分《じぶん》の部屋《へや》に戻《もど》ったケンタ君《くん》。布団《ふとん》の中《なか》に入《はい》っても、しばらく痛《いた》みは消《き》えないままでした。となりでは、お母《かあ》さんが心配《しんぱい》しながらケンタ君《くん》のおでこに手《て》を当《あ》てました。

「なんだか、熱《ねつ》もあるみたいね」

お母《かあ》さんは、おでこにもひんやりシートを貼《は》ってくれました。ケンタ君《くん》は、ただただ、ほっぺを押《お》さえて、痛《いた》みにたえながら薬《くすり》が効《き》くのを待《ま》つしかありませんでした。そのうちに少《すこ》しずつ、だんだんと意識《いしき》が薄《うす》れていったケンタ君《くん》でした。

――ケンタ君《くん》が目《め》を覚《さ》ますと朝《あさ》になっていました。いつの間《ま》にか寝《ね》てしまったようです。お父《とう》さんが歯《は》に詰《つ》めてくれた薬《くすり》が効《き》いたのか？　それとも、お母《かあ》さんが飲《の》ませてくれた痛《いた》み止《ど》めが効《き》いたのか？　いずれにしても昨日《きのう》ほどの痛《いた》みはなくなっていました。もちろん触《さわ》れば響《ひび》く感《かん》じはするものの、何《なに》もしなければ昨日《きのう》ほどの痛《いた》みではありません。それより、ケンタ君《くん》には、ほっぺの熱《あつ》い感《かん》じの方《ほう》が気《き》になりました。ただし明《あき》らかにケンタ君《くん》の歯《は》には、それはそれは大《おお》きな穴《あな》があいていました。そうです、虫歯《むしば》の大《おお》きな大《おお》きな穴《あな》が……。

「ケンタ、今日《きょう》は歯医者《はいしゃ》さんに行《い》かなきゃしょうがないわね。早《はや》く支度《したく》してちょうだい！」

　母《かあ》さんが心配《しんぱい》そうにケンタ君《くん》に声《こえ》をかけました。既《すで》に、お父《とう》さんの方《ほう》は朝早《あさはや》く、ケンタ君《くん》が寝《ね》ているうちに、仕事《しごと》に出《で》かけてしまった後《あと》でした。ケンタ君《くん》はお母《かあ》さんの顔色《かおいろ》を見《み》ながらおずおずと尋《たず》ねました。

「お母《かあ》さん、痛《いた》みはだいぶ引《ひ》いたんだけど……。ボク、やっぱり歯医者《はいしゃ》さんに行《い》かなきゃダメかなあ？」

　実《じつ》は、ケンタ君《くん》には、前々《まえまえ》から少《すこ》し臆病《おくびょう》なところがありました。チョット、怖《こわ》がりなところがあったのです。中《なか》でも、ケンタ君《くん》が一番恐《いちばんこわ》いもの……、それは「お化《ば》け」と「歯《は》医者《いしゃ》さん」でした。この二《ふた》つだけは大《だい》の苦手《にがて》でした。まだ本当《ほんとう》のお化《ば》けの方《ほう》は見《み》たことがありませんでしたが、歯医者《はいしゃ》と聞《き》くと、いつも急《きゅう》に元気《げんき》がなくなるケンタ君《くん》だったのです。

「何言《なにい》ってるの！　昨日《きのう》、あんなに痛《いた》がっていたのに。早《はや》く支度《したく》しなさい」

　お母《かあ》さんのちょっと厳《きび》しい声《こえ》が響《ひび》きました。その声《こえ》の強《つよ》さにケンタ君《くん》はしぶしぶと、お母《かあ》さんの言《い》う通《とお》りに支度《したく》をしました。